新潮文庫

赤頭巾ちゃん気をつけて

庄司　薫著

新潮社版

9388

目次

赤頭巾ちゃん気をつけて

I

ぼくは時々、世界中の電話という電話は、みんな母親という女性たちのお膝の上かなんかにのっているのじゃないかと思うことがある。特に女友達にかける時なんかがそうで、どういうわけか、必ず「ママ」が出てくるのだ。もちろんぼくには（どなるわけじゃないが）やましいところはないし、出てくる母親たちに悪気があるわけでもない。それどころか彼女たちは、（キャラメルはくれないまでも）まるで巨大なシャンパンのびんみたいに好意に溢れていて、まごまごしているとぼくを頭から泡だらけにしてしまうほどだ。特に最近はいけない。例の東大入試が中止になって以来、ぼくのような高校三年生というか旧東大受験生（？）というやつは、「可哀そうだ」という点で一種のナショナル・コンセンサスを獲得したおもむきがある。なにしろ安田トリデで奮戦した反代々木系の闘士たちまで、「受験生諸君にはすまないと思うが」なんていうほどなんだからこれは大変だ。かくしてぼくたちは、まるで赤い羽根の募金箱か救世軍の社会鍋みたいにまわり中から同情を注ぎこまれたうえ、これからどうするの？　京都へ行くの？　といった一身上の問題に始まり、ゲバ学生をどう思うかとか、サンパとミンセーのどっちが好きかといったアンケートまでとられて、それこそ、あーあ、やんなっちゃったということになるわけだ。それに言い遅れたけれど、ぼくの学校が例の悪名高い日比谷高校だということは、同情するにしろからかうにしろ、すごく手頃な感じがするのではないかと思う。

ところで電話の話に戻るけれど、このなんともついてない日を（あの医者は「要するにふんだりけったりですね。」と言って笑い、そしてぼくもつい一緒に笑ってしまったのだが）、ぼくはまず女友達に電話して、テニスの約束を断わるというサエない話から始めなければならなかった。何故かといって、タネなしで手品はできないように、爪なしでテニスはできない。つまりぼくは、（考えてみればこのところずっとついていなくて）十年ぶりにちょっと風邪はひくし（例のホンコン風邪だ）、使いこんだ万年筆は落すし、東大入試は流れるしといった災難のあげく、きのうになって十二年も飼ってきた犬に死なれて、そのうえ左足親指の生爪まではがしてしまったのだ。話はまたずれるけれど、この足の親指の爪がないということの不幸には、それこそ経験者でなければ絶対に分らないほどの、或る決定的なところがある。つまり極端に馬鹿ばかしいような話になるが、まずまともに歩くことができない。人類の誕生を決定する要件は、要するに二本足で直立歩行できたかどうかにあるそうだけれど、これに従えばいまのぼくは相当に「人類らしさ」を欠いているらしいのだ。それから、どこかへぶつけやしないかという絶えざる不安もちょっとしたものだと思う。去年の暮、真白なスエードでジャンパーを作った友達が、一日で真黒になった肩や袖口を眺めてつくづく言っていた。「おい、人間てのは、実によくあちこちぶつかりながら生きてるもんだなあ。」足の親指となるとこれはもう感心しているひまもない。とにかく何をやっても、どういうかっこうをしても、必ずどこかへぶつかるべく紙一重のところに運命的に位置しているのが足の親指というやつなのだから。ぼくはこのところ確かについていなくて、これまでにも相当に「ふんだりけったり」という感じだったけれど、きょうぐらいはお手柔らかに願いたいというのが、朝目を覚まして、ヨットの帆のように真白い包帯を巻かれている左足を見ながらの正直な感想だったのだ、全くのところ。

ところで電話だけれど、やっぱり「ママ」が出てきて、やっぱり例の調子になった。由美のママはかなりデリカシーのあるひとなのだが、いまのぼくが相手である限り、どうしたって話のコースは決ってしまうらしいのだ。

「あら薫さん、元気？」と、彼女はやや感動的な柔らかい声で言い、ぼくは人類以前の爪なしの身でありながら、ややあきらめきって「はい。」と答えた（ぼくはどうもすぐこういう「いいお返事」をする癖があって、この調子では瀕死《ひんし》の床にいても、お元気？　ときかれたら、はい、なんて言うのじゃないかと思う）。

「どうしてらした？　大変だったわね。」

「はい、まあ……。」

「残念ね。それでどうしたの？　京都へ行くの？」

「いいえ。」

「そう……。遠いですものね。」

「ええ。」

「それに京都もいま大変なんでしょう？　ゲバルトで。」

「はい。」

「いっそのこと、京都もどこもみんな壊しちゃえば公平なのにね。」

「ハハハハ」（これはぼくの、いかにも爽やかで屈託のない笑い声のつもりなんだ……）。

「でも薫さん、よかったわ。とても元気で。」

「そうでもありません。」

「そお？　でも、落着いてるわ。」

「そうですか。そう見えるところがぼくの悩みのたねなんだと思います。きっと。」

「おやおや。あなた、おもしろいわね。でもほんとにそうね。あなたは大いに憤慨してもいいはずよね。おかしな言い方だけど。」

「孫悟空みたいに、ゲバ棒ふりまわして暴れましょうか。」

「あら、薫さんも、あの棒をふりまわすほうなの？」

「え？　いいえ、いまのところはちがいます。」

「そうでしょう？　おどかさないで。でもほんとうに残念ね。東大だけが大学じゃないんだからなんて言う人もいるけれど、そういうのと話がちょっと別みたいなところあるでしょう？」

「はい、まあ……。」

「ほんとに、どういうんでしょうね。とにかく薫さん、元気出して、そのうちまた何か愉快にやりましょうよ、みんなで。」

「はい。」

「あら、ごめんなさいね。由美でしょう？　いますぐ呼びますからね。」

「はい。」

これは、はっきり言えることだが、これまでぼくが大学の話をした「ママ」との会話では、最高にものの分った程度のいいものなのだ。しつこくないし、ちょっとセンスもあって。ぼくはだから、これまでも由美とはしょっ中会いながらなんとなく母親の彼女を避けてきたのだが、ちょっと悪かったような気がした。というのも、いまの会話でももう、少しはお分りかと思うけれど、ぼくは、時々自分でも呆《あき》れるほど礼儀正しいというか、忍耐強いというか、つまりそんなところがあるんだ。友達のなかの芸術派や革命派に言わせると、こういうぼくのつきあいのよさみたいなのは、「鼻持ちならぬ偽善」であり「許し難い俗物根性」であるとかなんとかいうことになるわけで、そしてぼくもその点ほぼ全く同感なのだが、といってこれはややどうしようもないようなところがあるのだ。つまり実際問題として、たとえばこういった年上の気のいいPTA(?)みたいな人たちを傲然《ごうぜん》と馬鹿にして、その鼻面をピシャリとやるような快挙に出ることが、どうもぼくには先天的みたいに苦手なところがある。ほんとうにぼくは、お行儀がいいだけがとりえの全くのつまらない若者なのかもしれない。

この自分が全くのつまらない若者なのじゃないかという疑いは、実は相当に昔からひそかに抱いてきたといってもいいのだけれど、決定的になってきたのはやはり日比谷に入ってからと思われる。大体ぼくの学校には、普通の「よくできる」秀才も多いけれど、それ以上に、猛烈個性的でいわば天才肌の変り者がいっぱいいるのだ。この連中をぼくは芸術派と名づけてひそかに恐れているのだが、実際彼らに比べると、ぼくはこの十八年間いったい何してきたのだろうと思うほどのありさまだ。たとえば入学早々、ぼくは芸術派の一人と文学の話をして、シェイクスピアとゲーテが好きだなんて言っちゃったのだが、もうこれでアウトだったらしい。これはあとで知ったことだが、ぼくはその瞬間に「古典派」とレッテルを貼られてポイと土俵の外へ投げ出された。しかも悪いことには、そんなこととは知らないぼくは、そのすぐあとで『椿姫』にすごく感激した話なんかをしてしまったのだからさあもういけない。ぼくはつまり古典派どころか「論外なやつ」になってしまったわけだ。そして一番ぼくが困ることは、(これは内緒の話だけれど) ぼくはいまだにシェイクスピアとゲーテが好きだし、(もちろんぼくだって少しは進歩するから、いまはドストエフスキーとカフカがとても気になっているけれど)『椿姫』を読めばきっとまた不覚の涙をこぼすにちがいないと思われる点にある。まあいまのところ彼ら芸術派は、赤坂見附の駅やゴーゴー喫茶で知り合った美少女や年上の女性との話なんかを「アンチロマン」風なんかで書いているけれど、きっとそのうち大作家になった暁には、品行方正でよく「お勉強」して悩みの影なんか全然なく、いつも雄鶏みたいにきちんと七時に起きて学校へ来る『椿姫』の好きなぼく（これは困るけれどみんなほんとのことなんだ）なんてのは、始末におえない俗物の典型としてこてんぱんにやっつけられるんじゃあるまいか、あーあ。

ところで電話だけれど、由美は（言い忘れたけれど、これがぼくの電話した女友達の名前なんだ）やけにやさしい声で「おはよう」なんて出てきて、ぼくはなんとなくほっとしたものだ。というのは彼女は、幼稚園に一緒に通っていた（いやそのずっと前のヨチヨチ歩きの）チビの時からいまに至るまで、首尾一貫して気難しくてお天気屋で、うっかりするとすぐ舌かんで死んじゃいたい気持になるような極端にデリケートなタイプなのだ。こんな女の子に、テニスの約束という一種のデートの取消しを申し出て、しかも特にその理由である生爪をはがしたことをごくあっさりと楽しそうに、いわば非印象的に陳述するのは、相当に気骨の折れる事業ではあるまいか。つまり彼女に、かくかくしかじかの状況下で、廊下にどさっとおいてあったスキーのそのストックのきっさきを、見事左足の親指の爪と肉の間で猛然とけっとばして、なんて話をしたらもう最後なのだ。彼女はきっと胸を悪くしてキャッとかなんとか叫んで（あるいは黙ったまま蒼《あお》くなって）以後十年はぼくと会う気にならないだろう。ぼくだって思い出すと実はゾッとするのだから。

ところが彼女は、そんなことおかまいなしに(まあ知らないのだから当り前だ)、ねえ、ねえ、なんてまためったやたらと嬉しそうにしゃべり始めたものだ。

「ねえ、エンペドクレスのサンダルの話知ってる?」

「え? なんだって。」

「エンペドクレスって、世界で一番最初に、純粋に形而上的な悩みから自殺したんですって。」

「へえ。」

「それでヴェスヴィオスの火口に身を投げたんだけど、あとにサンダルが残っていて、きちんとそろえてあったんですって。」

「へえ。」

「素敵ね、エンペドクレスって。」

「うん(?)」

「サンダルがきちんとそろえて脱いであったんですって。いいわあ。」

「ふーん。」

「ねえ、とってもすごい話じゃない?」

「うん。」

あとになって思えば、ぼくはその時、それほんとうかい、すごいなあ、といったことをなんとか表現するか、または感に堪えたまま黙っていればよかったのだ。でも、なにしろ不意打ちだったし、そのきちんとそろえたサンダルというのが相当にこたえたものだから、言うなればイメージをまとめるというか時間をかせぐというか、つまりはそんな曖昧《あいまい》なつもりでなんとなくボソボソ言ったのがまずかった。

「その、なんだな、エンペドクレスってのは、例のイオニア派のあれだな。」

「イオニア派？」と、とたんに彼女の声が険しくなった。無理もないけれど。

「うん、ほら、万物は火と風と水と土からできていて、愛と憎しみの力でくっついたり離れたりするって言ったやつだ。火と風と水と土がだよ。」

ぼくはできるだけ陽気に言ったのだが、彼女はもう氷のように冷たくなってしまった。もういけない。

「へえ、あなたよく知ってるわね。」

「だって受験生だからね。まあ、八百屋がキャベツ売るようなものだ。」

「ほんとによく知ってるわ。」

「つまらないことをいっぱい、ね。」

「あたしをからかってんの？」

「ちがうよ。しまった、と思ってんだ。分るだろ？」

「そう。」と彼女は素っ気なく言って、それから改めてきめつけるような調子で「じゃ、分ったのね。」と、ゆっくりと言ってきた。

これじゃ、ぼくだってちょっと頭にきてしまう。

「なにが？　つまり、サンダルがきちんとそろえて脱いであったんだろう？」

「そうよ、ヴェスヴィオスの火口にね。」

「世界最初の、純粋に形而上的悩みで自殺したんだな。」

ぼくには、彼女が電話の向うで、スーッと息を呑みこむのが分ったように思えた。

やがて彼女は極端に起伏のない声で言った。

「あのね。あたし、こんなこと言いたくないけど、この話ゆうべ聞いて、それからずっと、きょうあなたに会ったら話してあげようと思ってたんだわ。」

「……。」

「でも、いまの気持をお伝えすれば、舌かんで死んじゃいたいわ。」

ぼくは黙ってじっとしていた。ぼくはこれまで彼女と、それこそ数えきれないほどけんかをしてきたが、「舌かんで死んじゃいたい」が出た時は、もう何をやってもことを悪化させるだけなのだ。もちろん考えてみれば、確かにぼくにも悪いところはあったけれど、でも、もとはといえばたかがサンダルじゃないか。ぼくは確かにお行儀よくて親切で「気のいい薫くん」だけれど、それでも時にはどうしても譲りたくない一線みたいなものもあるんだ。たとえば女の子の御機嫌をなおすために、そのサンダルにはほんとうに感動したんだ、言葉もうまく出ないほどショックだったんだ、などと改めてドタバタ解説するなんて、特にこの由美のやつに。

「それじゃ、電話きるわよ。」と、しばらくの猛烈な沈黙のあとで彼女が言った。

「いいよ。」とぼくは答えた。

ぼくは彼女が受話器を置く音を聞いてから、左手でかなりごつくにぎりしめていた受話器をゆっくりおろした。これであいつとはまた軽く二週間は絶交が続くだろう。でもかまうものか、なれてるんだから。大体考えてみれば、ぼくは小さい時から彼女と一緒に過すたんびに、百回のうち九十九回までは、腹を立てたり苛《い》らいらさせられたりして帰ってきたものだし、そのうち五十回は、もう会うものかと思ってきたにちがいない。ただ問題は、その残りの一回なのだ。あいつは、友達に見せびらかしたいほどの美人でもなく、みんながふりかえるボインちゃんとは正反対のやせっぽちで、百分の九十九まではしゃくにさわる女の子なのだが、ただ、なんていうんだろう、どうしようもないおかしな魅力を見せる残りの一回があるので困ってしまうのだ。でも要するに百分の一じゃないか。

それからぼくは電話を離れ、客間の（ぼくは電話を客間の隅に持ちこんで使っていたのだ）ソファーやテーブルや棕櫚竹《しゅろちく》の鉢を慎重に避けながら、庭の方へ出た。今年の冬はお天気までひどくて、特に学校が休みに入った二月以来（日比谷では三年生だけ二月から休みになるんだ）実にパッとしない毎日だったけれど、気温が高いせいかもう梅の花が咲いていて、庭の南では椿がボチボチ大きな花を開いていた。そしてその椿の木のわきに、ぼくが小学校五年生の夏休みに作った「ドンの家」という相当に不細工な犬小屋が、なんとなく間の抜けた感じで置かれていた。ここの主人公だったドンという黒い雑種の牡犬は、ぼくが小学校一年生の時から飼ってきたのだが、なんとも陽気で屈託のない御機嫌な犬で、つつじやひばの植込みにおしっこをしたり庭ばきの下駄やサンダルを小屋の中にくわえこむのと、ぼくが永い旅行に出たりすると断食してやせるのが玉にきずといった、ごくごく手のかからぬやつだった。

「薫さん、ドンの小屋はあのままにしておく？」と、いつの間にかうしろから母がきいた。

「さあ、どうしようか。」とぼくは、横に並んだ母と一緒にごつい「ドンの家」を眺めながら、なんとなくぼんやり言ったものだ。

2

ところでぼくは、たっぷり三十分も「ドンの家」を眺めているうちに、一つのおかしな連想につかまることになった。つまりぼくは、ドンがよく庭ばきのサンダルを抱えこんで眠っていたように、由美のやつはゆうべからほんとうにエンペドクレスのサンダルかなんかを胸に抱いて、ぼくに話してきかせようとずっと考えていたのかもしれない、なんて思いついたのだ(もちろん、こんな連想を知ったら、彼女はまた舌かんで死んじゃうにちがいないが)。そしていったんそう思うと、なにしろ『椿姫』の好きみたいなところのあるぼくだから、ついさっきの憤慨なんてあっさり水に流してしまって、さっそくまた電話をかけることにした(それにテニスをやめることを言い忘れたとかなんとかいう、かなりおあつらえ向きの口実も実はあったんだから)。ところが出てきたのはまたもやママで、あいつはもうテニスに出かけたと言うじゃないか。ぼくは一瞬とまどったけれどすぐすっかり嬉しくなって、挨拶もそこそこに電話をきると、なんとしてもコートまで行くことにした。だってそうだろう？ あのどえらい気難し屋が、あんなかなりの猛烈なけんかのあとで、それでも約束どおりコートに行っているんだ。九時半という約束だったから、もう十分は待っている。あいつは、時々こういうことをやるのだ。

ぼくは十秒間ほど、それこそぼくの灰色の脳細胞をふりしぼったあげく、最善の方法として、古い大きなゴム長靴をはいて自転車に乗っていくことに決めた。ぼくはたまたま黒いセーターに黒いGパンをはいていたから、そこに大急ぎで黒い革のジャンパーをひっかけ、大きなゴム長靴を着用した姿は、なにも鉢巻をするまでもなく魚河岸の若い衆といった感じだったにちがいない。うちの若いお手伝いのヨッちゃんが、自転車を門の外まで押し出し、ぼくが大きく足をあげて恐る恐るまたがるまでおさえていてくれたわけだが、ぼくがヨタヨタ走り出したあと、門の蔭で彼女がおなかを抱えて笑ったことは賭けてもいいほど確かなことだ。

ゴム長靴とはわれながら考えたものだが、それでもペダルを踏むたびに、いやそれ以上に左のペダルがもちあがる瞬間に親指が長靴の内側にぶつかって、これは相当に痛かった。でもぼくは明らかにかなりの上機嫌で、コートまで（普通に走れば五分もないのだ）ジッグザッグとこいでいったものだ。ぼくはテレビのメロドラマが相当に好きで、そういうドラマでは、恋をした若いもんが、実にまあよく駆け出すシーンなんかがあるものだけれど、この時のぼくなんてのも（スタイルと、おかしな走り方はさておき）要するに似たようなものじゃなかっただろうか、といまになれば或る感慨をこめて思い返してしまう。というのも、もうとっくに察しているのじゃないかと思うけれど、結局ぼくのこの涙ぐましいまでの情熱的行動は、要するに全くの一人合点にすぎなかったってわけなんだから。

いくら日曜日で暖冬異変といっても、二月の初めの朝九時半となると、（霜で使えないコートもあるから）コートはかなりすいていた。そしてぼくは、ほんとうにいやになるほど簡単に、しょんぼりとぼくを待っているはずの素敵な女友達なんかの代りに、近所の知合いの少女を相手に派手なうちあいをやっている憎っくき宿敵の姿を見つけた。彼女はテニスをする時は、いつもやけに鮮かな黄色のリボンでその前髪をおさえるのだが、ぼくは、それこそコートの見える最初の地点を通過したとたんに、そのいまいましい黄色いリボンが、右手のすぐこちら側のコートで、蝶々みたいにひらひらしているのを目にしたのだ。正直に言って、これはほんとになんとも言えない頭にくる話だった。しかも致命的だったのは、クラブのなかの道が、なんのつもりか知らないが大きな玉砂利で敷きつめられていたことだ。そうでなくてもいい加減危なっかしいぼくの爪なしゴム長運転は、この玉砂利道のおかげで、颯爽《さっそう》としたUターンどころか、まっすぐ走るのが精一杯といった惨澹《さんたん》たる状態にはまりこんでしまったのだから（ほんとになんであんなところに玉砂利、しかもコロコロツルツルしたやつを敷いとくのだろう）。

ぼくは、でもとにかくもうやむを得ないから、（どうせいまさらあわててぶざまなUターンをしても、彼女に見つからずにすむなんてことは全くあり得なかったんだ）覚悟を決めてまっすぐジグザグに（?）知らん顔して走っていった。しばらくしてうしろから、由美の相手をしていた紀久子という少女が（彼女は一つ年下の女の子で、すごく気のいい愉しい女の子なんだ）、「薫さーん」とやけに大きな声で呼ぶのが聞えたけれど、ぼくはもちろん聞えないふりをしてひたすら前進した。そして、えらい悪戦苦闘をして（なにしろ足を怪我してるなんて絶対に悟られたくないじゃないか）、奥の方の予備の駐車場の土の上まできてやっとUターンをし、もう汗びっしょりだったけれど再びエッサエッサと玉砂利道をとって返した。

途中まで引き返してくると、紀久子がコートと道の境の金網のところまでやってきて、眉をちょっとひそめた驚いたようなおどけたような顔をして、ぼくの方を眺めているのが見えた（まあ全く無理もないんだ）。そしてぼくは、もうなんていうかやけのやんぱちといった感じで、恐らくはまるで美容自転車でフウフウやっている中年女性みたいな必死の形相で、委細かまわず偉大的前進を貫くほかなかった。ちょうど「勝ァった、負ァけたと、騒ぐじゃないぜえ」というあれだ。「あとの態度が大事」なんだ。そして実際に、おかしな話だけれど、ぼくはその時なんとなくそのぼくが相当好きな水前寺清子の『どうどうどっこの唄』かなんか思い出して、それに合せてペダルをこいでいたのだ。何故かというと、これをゆっくりやると、ちょうどジッグザッグという調子によく合うっていうわけなんだ。

そしてぼくは、ただひたすら前方一メートルあたりの憎むべき玉砂利をにらみながら進んでいったのだが、それでも目のはじっこの方に、紀久子がまずラケットを振って合図をし、それからパタリとラケットのその振子みたいな動きをとめるのがうつった。そしてぼくが、額に汗をうかべてジッグザッグと彼女の目の前を通過したその時、彼女はいやに可愛らしい囁き声で「カオールさん」と呼んだ。ぼくはビクッとしたけれど、もちろん、なんのここで聞えてなるものか。すると次の瞬間彼女は、それこそ猛烈に輝かしいソプラノで、（ちょうどイチ、ニッ、サンという調子で）「ショージ、カオール、サンッ」とどなった。これはかなりこたえた。ぼくは、ちょうど鎖をうまく抜けて散歩に出た犬が道で大声で名前を呼ばれた時みたいに、フラッフラッフラッとし、ほんとうにそれこそ爪なしの左足の親指一本で踏みこたえた感じでどうにか切り抜けた(ぼくはもちろんそのあとでまだ紀久子に会っていないけれど、今度会ったらいったいこの事態をいかに説明すればいいのか、ほんとに全く分らない)。

コートからの視界からちょうど逃れ去ろうとするあたりで、ぼくは(ほんとうにだらしない話だけれど)、どうしてもたまらずにチラリと振り返ってみた。紀久子は相変らず金網につかまるようにしてぼくを眺めていたが、その向うの誰もいないちょうどバックコートのまん中あたりに、ぼくは、由美のやつがラケットを両腕で胸に抱きしめるようにして、目を足もとに落して、左足の爪先で小石でもほじくり返しているようなかっこうをしているのを見た。もちろんこっちなんか全然見やしないのだ。あいつめ、覚えてろ、今度こそもうほんとに絶対に絶交だ。

玉砂利道をどうにかこうにか脱出してアスファルトの道に出ると、まるで馬鹿みたいに楽になった。それでもぼくは、なんとなく玉砂利道のリズムが忘れられなくて、フラーリフラーリと年老いた川よろしく蛇行をしながら走り続けた。言うまでもないが、考えれば考えるほどこれはやはり一種の一生の不覚だった。そもそもあの由美のやつが、あんな相当なけんかのあとでしおらしくテニスコートで待つくらいならそれこそ舌かんで死んじゃうタイプだってことは、誰よりもこのぼくが一番よく知っているはずじゃあないか。それをノコノコ出かけていって、しかも爪なしで、ゴム長をはいて、ジッグザッグで。

でもまあやっちゃったことはしようがない。ぼくは、冷たい二月の朝の空気にからだ中の汗が冷えていくのを感じながら、とにかくまあいわば、戦列を整えることにした。つまり、まあ、やることなすこと（やったことなしたこと？）といい、またごく具体的にはこの爪なしのゴム長自転車スタイルといい、どうにもサマにならないのは明らかだったけれど、こういうあやしげな状況下では、まずすべてを陽気に考えることにしようじゃないか。たとえばまずこの相当に滑稽《こっけい》なありさまをみんなが見たらどうだろうなってなことを考える。これは驚くなきっと。というのも、どういうわけだろう。たとえばいつでも落着いていて考え深く、なにごとに対しても迅速かつ的確な判断と行動のできる男なんていったら、まるでドゴール将軍とかテレビに出てくるアンタッチャブルとか秘密情報部員（なんだか、猛烈おかしな例をならべたけれど）やなんかみたいにちょっといやったらしいほどカッコいいのではあるまいか。ところが、なんてことだ、例のＰＴＡを初めとするぼくのまわりの人たちは、どうやらこのぼくをそういったタイプの男（というより候補生だろうけれど）の典型みたいに見なしているようなフシがある（信じ難いかもしれないけれどほんとうなんだ）。ＰＴＡだけじゃなく、例の芸術派を初めとする友達なんかもそうらしい。もっともこの場合は、大体が例の「お行儀いいだけがとりえのつまらないやつ」、具体的に言えば「どうせお前は法学部へ行って、大蔵省あたりへ入ってつまらん人生を送るんだろう」といった非難軽蔑《けいべつ》と背中合せになっているわけだけれど。

でも、もう改めて言うまでもないと思うけれど、実際問題としてぼくのいわばお台所はと言えば、これはもうとっても、落着いていて考え深いなんてどころじゃない。特に迅速かつ的確に判断し行動するなんて段になると、これはもうそういう人の爪の垢《あか》でも煎じてのみたいくらいだ。たとえば一番簡単なことから言えば、ぼくは、酒井和歌子と内藤洋子とどっちがいいかとか、ボート乗るのに千鳥ヶ淵と弁慶橋とどっちがいいかとか、ひどいのになるとおそばとラーメンとどっちを食べたいかときかれただけで、もう相当に絶句して右往左往してしまう。もちろんこういうのは（酒井和歌子さんたちには悪いけれど）まあどっちでもいいようなところがちょっとあるわけだが、困るのはこの世の中にはそうどっちでもいいではすまないことも沢山あるってことだ。つまり、たとえばぼくの学校にも猛烈な革命派が少しいて、彼らは、たとえば廊下の出会いがしらかなんかにいきなり「きみはベーテーをどう思いますか？」といった質問をしてきたりする(ベーテーってのはもちろん米帝なのだが、なんとなくベーテーっていう特殊用語に聞えちゃうのだ)。これはほんとうに困るところがある。何故ならぼくの感じでは、こういう質問にもし正直に一生懸命答えようとしたら、これはそれこそ立ち話じゃとても間に合わないような気がするのだが、革命派はぼくがほんの三秒も絶句するのを見ると、もうちょうど芸術派がシェイクスピアとゲーテのぼくをポイとやったように、恐らくは「鼻持ちならぬ体制エリート候補」かなんかのぼくをポイとやるわけだ。ぼくは実はゲバラの大ファンで、毛沢東のすごさにはもうお手あげで「ワンソイ・マオジューシ」って感じもあるし、ホーチミンにはこれはやや「ザ・タイガース」ファンの女の子的感慨を抱いているし、それからマルクスときたら、これはもうほとんど愛しちゃっているといっていいくらいなのだ。つまり、これはちょっと内緒にしておきたいようなことなのだけれど、いつだったか地下鉄の中で、ぼくはふとマルクスが奥さんやちっちゃな娘たちや友達とヒースの散歩に出かけて、キンポウゲの花かなんかふりふりドイツ民謡を歌いながらブラブラ帰ってくるところを思いうかべて、突然胸がいっぱいになってしまったことがある(何故キンポウゲの花なのかは、全然分らないのだけれど、要するにキンポウゲの花をふっていたんだ)。だから(というのもちょっとおかしいけれど)、いずれにしろぼくは、もし革命派がその気になってくれさえすれば、それこそ一晩でも二晩でもいろいろしゃべりたいことがあるような気がするのだなあ。

まあそれはとにかく、もう一つぼくが困るのは、ではぼくが全く決断力や行動力を欠いていて、それにふさわしく用心深くおとなしくしているかというと、そうじゃないってことなのだ。つまりぼくは、さっきの「どっちがいいか」とか○×式試験の答案を書くとかいった、まあ相当にどっちでもいいようなことでは、一瞬絶句してもすぐ思い切りよくさっさとやっちゃう癖があるし、またいまこうやってドタバタ由美のやつを追っかけてったみたいに、時々自分でもうんざりするほど早合点でそそっかしく、あとで考えればどう見ても間の抜けたことをしょっ中やってもいるんだ。ただぼくは、そういうことでぼくがしょっ中ジタバタ迷ったり後悔したりすることを、どういうわけか他人には言ったりできない。つまりおれだって迷うことがあるとか、失敗することがあるなんてことをわざわざ言うくらいなら、由美の言い草じゃないけど舌かんで死んだ方がましなような気がなんとなくするわけだ。まあこれが、ぼくがまわりの人たちにさっき言った落着いていて考え深くて云々《うんぬん》というタイプに見える理由なんだろうし、言いかえれば可愛げがないというか、欠点だらけであるべき若者（ぼくだってそうなんだけれど）らしくないつまらないやつに見える原因なんだろうと思う。

でもね、だからといってどうしようもないんだよ、こういうのは。

　ぼくが問題の親指の鈍くはれあがってくるような痛みに気づいたのは、もう向うにうちの門が見えるところまで来てからだった。ぼくはそのいかにも鈍く不気味な痛さに驚いて、すぐ自転車をおりた。そして乾いた歩道の敷石の上で、いかにも間の抜けた音をたてるゴム長靴をひきずりながら、自転車を押し押しとぼとぼ帰りついた。うちの門までは、歩道の敷石の数だけで言えば二百三十八枚だった。何故ってぼくはちゃんと数えながらたどりついたのだから。そして顔をあげたら、時々散歩で出会う奥さんがおびえきった表情のスピッツをしっかり抱きしめて、あっけにとられた顔で見ているのに気がついた。

「こんにちは。」とぼくは挨拶した。

　彼女は、ほっとしたのか、急におどけた風に首をかしげて、それからクスクス笑い出した。そして急に腕の中で暴れ出した白い美人のスピッツを、あわてて下におろした。

「ちょっと、どぶさらいをやってきたのです。」と、ぼくは今年になって初めてひとをだました。

3

自転車は門の横にたてかけたまま玄関にとびこみ、とにかくまず左足をゴム長靴からそろそろとひっぱり出してみた。包帯が真赤に血に染まってるんじゃないかという色彩的予想は全くはずれて、包帯はほこりまみれではあるがまず無事といえた。ほこりは、これはなにしろ大昔のゴム長靴をひきずり出して、いきなり足をつっこんだのだからやむをえないところだ。問題は、黒い巨大なゴム長靴という防壁からひっぱり出したとたんに、左足親指を本拠とする変な痛みが、例の西部劇でおなじみのインディアンの太鼓のような鼓動をもってからだ中に伝わってきたことだった。

ぼくはちょっと途方にくれた感じで困ってしまった。大体ぼくはめったやたらと健康で、その上自分でも惚れぼれするほどの運動神経のおかげで、相当に乱暴なこともしてきたけれどかすり傷と打ち身が精一杯という人生を送ってきたのだ。父なんかはよく「無事これ名馬」なんて、まあ悪くとれば相当にいろいろ悪くとれる言葉でぼくを評してきたけれど、確かに無事は無事だったのだ。そこで、変な言い方だが、とにかく怪我らしい怪我に初めてぶつかったいわば初体験のいま、ぼくはちょっとした状態の変化にもあたふたするというだらしないありさまになっていたというわけだ。

ぼくは、フラリと立ちあがって母を探しに出かけた。(言い遅れたけれど、上の四人のきょうだいはみんなもう結婚やなんかで独り立ちしていて、父はきのうから泊りがけのゴルフとかいうわけで、わが家はいまや閑散としていたのだ)。母は庭で、熊手を粋にかついだ年とった植木屋と肩を並べて、梅の木を眺めて何かしゃべっていた。ぼくはGパンのおしりに手をつっこんでしばらく見ていたけれど、結局邪魔するのはあきらめた。そういえば今年はまだうぐいすが来ない。スモッグで死んでしまったのかもしれない。ぼくは小学校の学芸会で、『うぐいす』というお芝居をやった。年とって病気で寝たっきりのおばあさんが、真冬に「うぐいすはまだかい?」と孫の少年、つまりぼくに何度もきくのだ。そしてぼくは、あれこれ考えたあげく、友達の口笛の上手なやつに頼んで窓の外でホーホケキョとやってもらい、「おばあさん、うぐいすが来たよ。」と言うのだ。このお芝居はどういうわけかうちに縁が深くて、二人の兄貴も小さい時にこの「おばあさん、うぐいすが来たよ。」をやったそうだ。そしてそうだ。ぼくの時は、あの憎たらしい由美のやつがおばあさんの役だった。あいつ、ずっとベッドにもぐりっきりで、白髪頭に金縁眼鏡というひどい顔にいっぱい汗をうかべていた。そして幕が下りると頭ごとすっぽりもぐってしまって、なかなか出てこなかった。泣いちゃったんだ、あいつは。

ぼくは客間のソファーにへたりこむようにすわって(実際ちょっとバテちゃったのだ)、そして庭の椿の木のそばにあったドンの小屋がいつの間にか見えないのをぼんやりと眺めていた(母がそっと片附けちゃったんだ)。そしてぼくは、なんとなくまた、あのテニスコートのまん中でラケットを抱いて知らん顔をしてつっ立っていたあの気難し屋の姿を思い出した(敵ながらちょっと天晴れなんだ、全く)。そして、もちろん残念無念この上なかったけれど、でも結局のところぼくは、テニスだなんだはどうでもいいから、とにかく彼女にきょう会って話したいことがあったのだということを認めざるを得なかった。つまりぼくは、彼女にドンが死んだこと(そしてあわてたぼくが爪をはがしたこと)をちょっと言いたかったし、それに何よりも、ぼくがいろいろ考えたあげく大学へ行くのはやめる決心をしたことを伝えたかったのだ。それも是非きょう中、つまり二月九日のうちに。というのは、この決心はぼくにとってかなり重大で(なにしろぼくは受験生なんだから)それこそよくよく考えつくしたはずのものだったけれど、あいつにはなんとなく完全な事後通告みたいな形で知らせたくはなかったのだ(国立大学の願書は十日まで受付けるんだ)。

それからぼくは、あいつなら（なにしろ永いつきあいだし）このぼくの決心をすんなり分るだろうと思ってもいたにちがいない。何故なら、ぼくはこの大学はやめたなんてことを他の誰かに言ったら、すぐたとえば「ああ、やっぱり東大でなきゃだめなんだな」と一蹴《いっしゅう》されるに決っていることをよく知っている。そしてぼくが困るのは、こういう解釈に対して、ぼくはちょっと説明しようがないということなのだ。つまりぼくは、確かに東大法学部へ行こうと決めていたわけだが、それはよくみんなが「ああ、そうか（やっぱり？）」といった受けとり方をするものとは、ほんの少しかもしれないけれどちがうところがあると自分では思っていたわけなんだ。もちろんどう説明したらいいか分らないけれど、たとえばぼくの兄貴たちは二人とも東大法学部で、その沢山の友達たちもぼくはよく知っているのだが、こういう人たちを簡単に「ああ、あれか」（あれのところにはいやったらしいパワー・エリートでも立身出世主義者でもなんでも入れていいよ）と一括して極めつけることは、少なくともぼくにはできないように思うわけだ。それに、たとえばぼくは一年生の時、ぼくが特に好きな下の兄貴に、悪名高い法学部は要するに何をやってるのかときいたことがあるけれど、彼はちょっと考えたあとで、「なんでもそうだが、要するにみんなを幸福にするにはどうしたらいいのかを考えてるんだよ。全員がとは言わないが。」とえらく真面目に答えたものだ。そして本を二冊貸してくれたのだが、一冊は法哲学の本、もう一冊はガリ版ずりの思想史の講義プリントで、ぼくはこれには相当にまいってしまって夢中で読んだものだ。そしてちょうどそのすぐあとで、ぼくはそのすごい思想史の講義をしている教授に偶然お会いした。

おととしの初夏の夕方のことで、ぼくは下の兄貴と二人で銀座を歩いていたのだが、そしたらバッタリとその先生に出会ったのだ。先生は「やあ、やあ」なんて言ってぼくたちを気軽にお茶に誘って下さったのだが、それから話が次々とはずんで、食事にお酒にと席を変えながらとうとう真夜中すぎまで続いてしまった。もちろんぼくはほとんどそばで静かに黙って聞いていただけなのだが、ほんとうになんていうか、この時ぼくはほんとうにいろいろなことを感じそして考えてしまった。どう言ったらいいのだろう、たとえばぼくは、それまでにもいろいろな本を読んだり考えたり、ぼくの好きな下の兄貴なんかを見ながら、(これだけは笑わないで聞いて欲しいのだが)たとえば知性というものは、すごく自由でしなやかで、どこまでもどこまでものびやかに豊かに広がっていくもので、そしてとんだりはねたりふざけたり突進したり立ちどまったり、でも結局はなにか大きな大きなやさしさみたいなもの、そしてそのやさしさを支える限りない強さみたいなものを目指していくものじゃないか、といったことを漠然と感じたり考えたりしていたのだけれど、その夜ぼくたちを（というよりもちろん兄貴を）相手に、「ほんとうにこうやってダベっているのは楽しいですね。」なんて言っていつまでも楽しそうに話し続けられるその素晴しい先生を見ながら、ぼくは（すごく生意気みたいだが）ぼくのその考え方が正しいのだということを、なんというかそれこそ目の前が明るくなるような思いで感じとったのだ。そして、それと同時にぼくがしみじみと感じたのは、知性というものは、ただ自分だけではなく他の人たちをも自由にのびやかに豊かにするものだというようなことだった。つまりその先生と話していると、このぼくまでがそのちっちゃな精神の翼みたいなのをぼくなりに一生懸命拡げてとびまわり出すような、そんな生き生きとした歓《よろこ》びがあったんだ。そしてそんな自由でのびやかな快感に酔うと同時に、ぼくはうんと勉強して頑張って、いまにこの先生をワアーッと言わせてやるぞ、なんてえらく緊張してファイトを燃やしたりしちゃって……。そして（この時のことを詳しく話してたらきりがないのでやめるけれど）ぼくは、急に気が大きくなったというか、たとえばもう法学部がどうの何学部がどうのなんてこと、さらには東大がどうの何大がどうのなんてこともメじゃないような気がしてしまった。そしてちょっと飛躍するけれど、言うなればそれだからこそ、ぼくはかえってほんとうに素直な気持で、東大法学部へ行こうという気になったのだと思う。そしてまたちょっと飛躍するみたいだが、それと根っこのところでは全く同じ理由で、ぼくは今度の大学なんか行かないという決心もしたのだと思うわけなんだ。つまり、うまく言えないのだが、たとえば知性というものがほんとうにぼくの考えるような自由なもので、もともと大学とか学部とかには無関係なものであるとすれば、ぼくがたまたま（恐らくはぼくの幸運から）決めていた東大が入試中止になったからといって、大あわてでガタガタするのはおかしいじゃないか。ここであわてて、次にいいのは京大だ一橋だと騒ぐのは、それこそぼくが結局「ああ、あれか」という東大受験生だったことを認めることになるんじゃないか、などといったようなことを考えたのだ。もちろんぼくは他にもそれこそいろいろなことを考えた。そしてでも要するにぼくは、結局一つの賭けをしてみようとでもいう気になったのだ。つまりこの入試中止をむしろ一つのチャンスのように考えて、ぼくはぼく自身を（そしてちょっと大袈裟だが敢《あ》えて言うならばぼくの知性を）自分の力でどこまで育てることができるかやってみよう、と。もちろん賭けなんて言っても、ぼくのはあのゲバ棒を手にしてつっこんでいく人たちの勇気なんかに比べれば、ほんのささやかなつまり個人的な勇気をふるうだけのものかもしれない。そしてそう言われれば、ぼくは黙ってしまう他ないのだけれど。

それにまあ考えてみればこういったことは、いくら説明してもだめな時はだめなのにちがいない。それに正直言ってぼくは、他の人に分ってもらえなくても大してかまわないような気もするのだ。というのは、ぼくが分ってもらいたいと思う兄貴とか好きな友達とかいった連中は、もともとガタガタ言わなくてもすぐ分ってくれるだろうから。そして由美のやつは（言い忘れたけれど、彼女は中学から或る女子大の付属へ入ってしまって、もちろん日比谷じゃないんだ）、あいつはすごくしゃくにさわる女の子だけれど、こういうことはすごくすんなり分るやつなんだ。それでぼくは、もうこの間からあいつに言おうと思ってはいたのだが、なんとなく切り出しにくかった。どう見ても吉報とは言えないし、それに「大学へ行かないよ」なんて事前に話すのは、なんとなく（変な言い方だが）さしでがましいところがあるような気がちょっとしたからだと思う。でもぼくは、結局ぎりぎりのきょうになって、やっぱり話すことにしていたのだ。これはほんとうに言うなればぼくの大サービスだ。ところがあいつは、なんてことだ、テニスコートのまん中で知らん顔して。いいとも、もう絶対に知らせてやらない。四月にでもなって、あっちがしびれをきらしてもしきいてきたら教えてやろう。ドンの死んだことだって教えてなんてやらない。あいつは全然ドンをかまったことも、頭をなでたこともないけれど、でも実はドンをすごく気に入っていたってことは、ぼくはよく知っているのだ。そしてドンの方もあいつを見ると足なんかふるわせちゃって喜んで、でもどうしていいか分らないので耳をうしろに伏せていつもオロオロしていたんだ。でも教えてなんかやるものか。

そこへお手伝いのヨッちゃんが掃除をしに入ってきた（言い遅れたけれど、うちのヨッちゃんは、相当にきっぷがいいっていうか職業意識《プロ》に徹してるっていうか、「オテツダイ」なんて呼ばずに「女中」って言ってくれ、みたいな愉快なところがあるんだ）。ぼくはなんとなくあわてて立ちあがり、それから急に思い出して、病院へ行ってくるよ、と言った。

「転んだんですか？」と言って、彼女はまたふき出しそうな顔をしてぼくを眺めた。

「うん、ドシンバタングーだ。」とぼくは答えた。これで二度ひとをだました。

「また自転車ですか？」と、彼女はおどけた顔をしてきいた。

「ちがう。あれしまっといてくれよ。」

ぼくはそう言って改めて彼女の顔を眺め、それからとうとうつられて一緒にふき出してしまった。彼女は、千葉から野菜を売りにくる漁師のおばさん（？）の娘で、ぼく以上にテレビ好きで二日ごとにごひいきのスターが変るほどだが、ぼくは彼女と何か話すと、いつもなんとなくテレビのホームドラマかなんかをやっているような気がしてしまう。つまり、例の、ほらすごく気のきいたそしてウィットのある若いお手伝いさんが、ちょっと間の抜けた若い大学生の「坊ちゃん」かなんかをしょっ中助けたりなんかして大活躍するようなテレビドラマがあるじゃないか。
彼女はほうきとはたきを持ったまま玄関までついて来て、ぼくがまた例の猛烈なゴム長靴にそろりそろりと足をつっこんで立ちあがるまでクスクス笑い続けながら見ていたが、ぼくがモタモタと出ていくのを送ったあとで、それこそまた笑い転げたことはまた賭けたっていいくらいだ。つまり確かにぼくは、スタイルだけからいっても全然サマにならなかったんだから、この日は。

4

ぼくのうちが大昔からかかりつけの病院は、さっきの敷石で言えば恐らく七百枚ぐらいのところにあったけれど、その間誰にも会わなかったのはまあ不幸中の幸いだった。まあこのあたりはもともと人通りの少ない「塀」ばかりのところだけれど、誰にも会わないというのは、やはりこのついてない時においてはささやかながらぼくの幸運じゃあるまいか。何故って、いまのぼくは例の大学の話だけでもいい加減うんざりして手いっぱいの感じなのに、そこへこの派手なゴム長スタイルの説明ときてはたまらない（みんなに「どぶさらい」って言うわけにはいかないだろう？）。

ところがたどりついてみると、病院の正面のガラスばりのドアには大きな「本日休診」のプラスチック札がさがっていて、そしてその本日休診の文字のわきに、小さな字で「急患の方は左の赤いベルを押して下さい」と書かれた紙が貼ってあった。ぼくはまたもや途方にくれてしまった。つまりぼくには、このぼくが「急患」であるかどうかが全く分らなかったわけだ。でもぼくが二、三分あれこれ考えて立往生していると、ガラス戸の向うに若い看護婦が通りかかってぼくを認めてくれた。彼女は一瞬小首をかしげてからさっさと木のサンダルにはきかえてやってきて、ドアを開けてくれた（ドアは驚いたことに「本日休診」でもすぐ開くのだ）。

「きのう来たひとね。どうしましたか？」と彼女はたずねた。

「ちょっと痛いんです。」と、ぼくは左足を目で示して答えた。彼女はゴム長のせいか、それともきのうのことを思い出したせいか、急に嬉しそうに笑った（実はきのうぼくは、彼女のいる前で先生に松葉杖がいるのかどうか念のためきいて、ものすごく笑われちゃったのだ）。

「入ってお待ち下さい。」と彼女はぼくを入れてくれて、それからぼくがゴム長をゴソゴソ脱ぐのをちょっと眺めてから、奥の診察室へ戻っていった。ぼくは、なんとなくまずかったような気持で（つまり事実として急患になったことが）、玄関わきの白カバーのソファーに腰かけたが、看護婦はすぐ出てきてまた笑いながら言った。

「すぐですから、お待ち下さい。」

「はい。」とぼくは答え、それから突然彼女が胸に抱えているのが週刊誌の『女性自身』であることに気づいて、なんとなくびっくりした。それにそう思って改めて眺めると、彼女はアイシャドウやなんかでものすごく派手なお化粧をしているのだ。彼女は、右手の奥の階段を小走りに登っていって姿を消し、驚いたことにほんの二、三分でまた駆けおりてきたが、今度は真赤なすごいミニドレスで、腕に黒い革コートを抱え、片手に黒い靴を持っていた。彼女はぼくの前でちょっとしなをつくって微笑むと、玄関でサササッと靴をはいて外へとび出していった。ぼくは、今度の怪我でお見舞以外に初めて病院というところに来たのだが、ほんとうになれないことってのは驚くことばかり多いものだ。

ぼくはそれからさらに十分も待たされているうちに寒くてガタガタしてきた。本日休診のせいか全く暖房がきいてないし、そしてその寒さのなかで、左足が、親指だけでなく足首あたりまでボーッと熱く脈打っているというわけだ。友達に喘息《ぜんそく》持ちでしょっ中休むやつがいるけれど、そいつがいつか言ったことがある。「オレのは一病息災だが、きみみたいな頑丈なのは、案外つまらんことでコロリとまいるんだぜ。」世の中にはほんとにいやなことを言うやつがいるんだ。

でもやがて診察室のドアが開いて、すごく肥ったどう見ても倖せいっぱいの感じの母親風の女性に抱えられて、女子大生風のアスパラガスみたいな娘が蒼《あお》い顔をして出てきた。どこかで見たような気もしたけれど、様子が様子だし、こっちも大学受験と爪なしの親指というやりにくい問題を抱えた身なので、ぼくはじっとうつむいて二人をやりすごし、そしてさあと身構えて待った。ところがどうしたことか、診察室からはなんの音沙汰もないのだ。ぼくはかっきり五分間待ち、それからジャンパーを脱いで(まるで魚河岸の出入りってところだけれど)こっちから押しかけることにした。ノックをすると「はい。」というなんていうか実に不愉快そうな女の声が聞えたけれど、ぼくはもうちょっと頭にきていたからかまわず押しいった。

診察室の中は、今度はまたサウナ風呂みたいに熱気がたちこめていて、そして奥の窓際の机の前に左手で頬杖をついて、煙草をふかしながらすわっている白衣姿の若い女性がいた。そして、ぼくがなんとなく気合いをそがれてノッソリとドアを閉めて立っていると、彼女は頰杖のまま首を廻して、ものうそうにこっちを見た。そして「あら。」と言った。

「薫さんじゃないの?」

ぼくは驚いて、改めてこのちょっとなんていうか、イカレたようなそしてすごい美人の女医さんをまじまじと眺めた(きのうぼくを診てくれたのは、確かに中年の男の医者だったんだ)。彼女の顔はちょっとコリーみたいに細くて、そして素晴しいちょっと上向きになった鼻と、長いまつ毛にふちどられた切れ長の目と、ちょっとつき出すような唇が、なんとなく鉄砲百合のようなすごい花やかさを見せていた。

「薫さんでしょう?」と、彼女は煙草を机の上の確かにペン皿の上でもみ消すと、ゆっくりと立ちあがった。そして首をかしげるようにして「大きくなったわねえ。」と言った。ぼくはその時になってやっと、彼女がこの病院の一人娘で、昔時々兄貴のところへ遊びにきていたすごい美人だということを思い出したけれど、まだ半分は自信がなかった。

彼女はぼくを上から下までゆるゆると眺め、それからやっとぼくがはだしで、しかも左足には相当にひどいほこりだらけの包帯をしているのに気づいてくれた(言い忘れたけれど、ぼくはずっとはだしだったのだ。というのは、左足の包帯が相当にゴテゴテしていて、靴下はもちろん、病院の薄べったいスリッパでは入らなかったから。もちろん靴下でもスリッパでも右足だけなら入るけれど、そういうのはなんとなく変な気がしてたのだ、どうしてだか分らないのだけれど)。

「どうしたの？ ここへかけて。」と彼女は言って、ぼくを机の横の診察用の椅子にすわらせた。

「きのう爪をはがして、きょうまたそこをこすっちゃったのです。」と、ぼくはちょっと緊張して言った。

彼女は、おやおや、というようにゆるやかに首を振って、そしてまたぼくの顔をゆっくりと眺めて、そのまつ毛の長い大きな目と唇の両端を柔らかくしぼりあげるようにして微笑んだ。さあ何かきくのじゃないだろうか、兄貴のこととか、ぼくのそれこそ大学のこととか……。

ところが彼女は、そのまま目を下に落すと、椅子から滑りおりるようにゆっくりとぼくの前にひざまずいた。そしてぼくの左足を両手ですくい上げるようにして彼女の白衣の膝の上にのせた。そしてぼくは、その彼女のなんていうかなんとも意外なやり方にちょっと驚いたけれど、でも次の瞬間にはもっとびっくりして、それこそほんとうに呼吸がとまってしまったかと思った。何故なら、彼女は白衣の下に、それこそなんていうか、つまりなんにも着けていなかったのだ。彼女は、医者というよりごく普通のやさしい女性といった感じで、ひざまずいたまま実にゆっくりと包帯を巻き取りにかかったが、ぼくはそのちょっとかがみこむようにしている彼女の白衣の胸元から、彼女の眩《まぶ》しいような白い裸の胸とむき出しの乳房を、それこそほぼ完全に見ることができた(そしてもちろんもう吸いつけられたみたいに見てしまった、言うまでもないけれど)。これはまさにどえらい事態と言うべきだった。ぼくはもうあっという間に興奮してしまった。

「すごく痛むの?」と、彼女はうつむいたまままきいた。

「はい。」と、ぼくは辛うじて答えたけれど、もちろんそれ以上指の痛みのニュアンスなんかを説明するなんて、大体そんな気にさえ全くならなかった。彼女の二つの乳房は、その包帯を巻きとる腕の動きにつれて柔らかく柔らかく揺れ、その乳房の先端のすごくとがった二つの乳首は、まるで遊んでいるみたいに白衣の裏側にくっついたり離れたりしていた。ぼくは要するにカーッときてしまった。もちろんぼくだって(全然いばるなんてものじゃないけれど)、これまでにもいろんな偶然の機会に女性の裸を見たことがあるし、映画や雑誌のヌードときたらアップアップするほどだし、去年の暮のゴーゴー・パーティなんかでは、それこそ若い女の子たちの完全な裸をバッチリ見ちゃったこともある。でもいま目の前にやさしく揺れている乳房は、そんなぼくのこれまでのなんともささやかな経験とは全く無関係のように、いかにも柔らかくそしてなんていうのだろう、なまなましい感じで誘うように息づいていた。その二つの乳房は（ぼくは猛烈に観察しちゃったのだが）、右の方がほんの少し大きくて、でも全く同じすずらんの花を伏せたような形、まるで握りしめて下さいと言わんばかりの形をしていて、でも要するにそんなことはまあどうでもよかったのだ。恐らく何よりも決定的なことは、それがぼくが手をのばせばすぐ届くところに揺れていて、ぼくはたったいまでも両手でその乳房を一つずつ握りしめることができるということ、そして一瞬のうちに彼女とぼくを隔てている一枚の白衣をはぎとって、このいかにもしなやかで柔らかくて匂いやかな、つまりほんとうに成熟しきった女性を素裸にし、声も出ないほど抱きしめて抱きしめてつまり強姦《ごうかん》しちゃうこともできるということだったのだから。

「ちょっと痛いわよ。」と彼女は呟《つぶや》くように言い、包帯の血のにじんだ最後の部分とその下のガーゼに手をかけた。そしてさっとはがしたけれど、ぼくはもう全然痛みなんて感じやしなかった。心頭滅却すればなんていうけれど、カッカしても同じことなんだ。

彼女は巻きとった包帯を無造作にかたわらの屑《くず》入れに投げこみ、それからぼくの左足を改めて両手の上にのせて、さらにちょっとかがみこむようにして眺めた。もともとゆるやかな白衣がすっかり胸から離れて、そしてぼくは、今度こそもうほんとうに彼女のつややかなひきしまったウェストから太もものあたりまで、それこそほんとうに何も着けていない下半身を全部見ることができた。どう考えても、彼女がわざとぼくに見せてでもいなきゃこうはならないんじゃあるまいか。そしてぼくは、それまではどうしても一秒とそらすことができなかった目を、思わず閉じてしまった。というのも、これ以上見たら、もうぼくは全く確実に断固として彼女にとびかかるにちがいないということがはっきり分ったのだ。でも事態は、目をつぶったからどうなるといった種類のものじゃ全然なかった。ぼくは閉じた目の中で、かえって彼女の一糸まとわぬ裸を、そしてそのいろいろなポーズをはっきり見ることができたし、その上彼女から漂うなんとも言いようのない匂いが目を閉じたとたんにぼくを包みこんでしまったのだから。それにどう言ったらよいのだろう。ぼくはつまりぴったりしたGパンをはいていて、椅子に腰かけていて、彼女はまさにすぐ前にひざまずいていた。でもぼくは白状するけれど、彼女がむしろ一刻も早くぼくのすごい興奮ぶりに気がついてくれればいい、というようなそんな気になっちゃっていたのだ。

「別に傷はついていないわ。でもだいぶはれてるわね。」という彼女の声が遠くから聞えた。そしてぼくが目を開くと、彼女はいつの間にか下からぼくをじいっと見つめていて、目を開いたぼくに首をちょっとかしげるようにして、そしてまたあの目と唇の端をキュッとさせる微笑をうかべた。彼女はもう何もかも分っていてぼくを誘っているのだろうか。でもぼくは、なんてことだ、彼女にとびかかる代りに、気づいた時にはまるで挨拶でも返すみたいに微笑み返していて、そして彼女はゆっくりと立ちあがってそれから部屋の窓際の隅のガラス戸棚のところへ歩いていってしまった。もちろんその、素晴しい食べてしまいたいような裸の乳房ごと。

「みなさんお元気?」と、彼女はうしろ向きのまま言った。

「はい。」とぼくは答えた。彼女はもしかすると兄貴の恋人かなんかだったのかもしれない。そしてぼくは彼にちょっとよく似ているんだ。だからじゃないだろうか。

彼女は白い長方形のプラスチックの大皿に包帯やなんかをのせて、またそのゆるやかでものうそうな、そして何よりものすごくなまめかしい歩き方で戻ってきた。そしてまたもとのようにひざまずきかけて、でも途中でやめてしまって、それからぼくに目で壁際の診察用ベッドをさして、「そっち、ね。」と囁くように言った。そして、ぼくがきのうの要領で、その幅が狭くて高さの妙に不安定に高い診察台に腰かけ、左足をそばの椅子の上にのせようとすると、「寝てちょうだい。」と言った。ぼくはお尻を中心に磁石のようにクルリとからだを動かして、それからなんとなく落着け落着けといった感じで、腹筋運動でもやるようにゆっくり仰向けに寝た。いつか兄貴の友達の医者が、大学病院に若い美人の患者が来ると、若い医者や卵どもはやっぱりワッとわきたって、特に軽い盲腸手術なんてのはいつでも人気があるといった種類の話を、えらく熱心にしていったことがある。病院というのは、そういえばもともと相当にエロチックなところなんだ。ベッドもあるし、裸にもなるし、ぼくがもし医者になったら、毎日美人の患者を強姦しちゃうのではあるまいか。

「ちょっと動かないでね。」と彼女は言い、そして注射器を手にしてベッドの横の椅子にすわった。彼女はそうして、今度はやたらと医者らしい鮮かな仕草で消毒をし、ぼくの足の親指の腹にツツーと三ヵ所に分けて注射をした。きのうの牛乳びんほどもある注射ではなかったけれど、それでもぼくの親指はみるみるうちにふくれあがってコチコチになった。

注射がすむと、彼女はまたぼくにゆらめくように微笑みかけ、それからゆっくりと立ちあがった。そして注射器をしまい、代りに白衣のポケットからホープの箱とライターをとり出して窓の方へ歩いていき、煙草をくわえて火をつけた。そしてのけぞるようにして深く吸いこんだ煙を、熱気で曇った窓ガラスにゆっくりといつまでも吐き出した。それは思わず溜息が出るほどの鮮かで魅力的な煙草の吸い方で、ぼくはなんていうか、彼女の魅力はただその素敵な乳房だけではないのだというようなことを、自分に言いきかせるように考えた。つまり、ぼくがこのひとをたまらなく欲しいのは、必ずしも一時の衝動ではないかもしれない。ぼくはこのひとにほんとうに惚れこむことができるにちがいない。

彼女はやがて煙草をまた机の上のペン皿の上でもみ消してぼくの方へ戻ってきた。そして今度は包帯なんかののった大皿を膝の上にのせて椅子に腰をおろし、ぼくの親指を指先で軽くつまむようにさわってから手当にかかった。ぼくにはもう彼女のあの素晴しい乳房は見えなかったけれど、その代りにその肩のあたりでゆるやかに波うっている柔らかい髪と、その髪の毛にふちどられている美しい横顔がよく見えた。ぼくは、一方ではぼくのぴったりしたGパンを高く盛りあがらせて脈打つ興奮に全身をカーッとさせながら、他方では彼女のその横顔、その額や眉そして目尻と唇の端に、微《かす》かなしわがやさしい影のように絶えず現われては消え、それとともに彼女の顔にすべて言葉ではとらえられないような表情が見え隠れするありさまを、すっかり魂を奪われたように飽きることなく眺めていた。ここにいるのは、明らかに一人前の見事な女性、たとえば「あなたは美しい」とか「きみはきれいだ」とかいった言葉がすべて空しく素通りしてしまうとでもいったような、素晴しい大人の女性にちがいなかった。ぼくは、ぼくの友達の芸術派の小説のヒロインによく出てくる年上の女たちを思い出した。そういう小説では、大体においてぼくたち純情なる（？）若者は結局失敗をしへまをやり不幸を嘆くことになるのだ。ぼくはこのぼくとこの女性との関係が、芸術派の手ですごい悲恋の物語、またはすごく調子ばかりいい「ウマイことやった」冒険物語になったところを、もう読んだような気持になった。でもそれと同時に（恐らくはそれにも拘《かかわ》らず）ぼくは、なんていうのだろう、この女性を一糸まとわぬ素裸にしてそのむき出しのからだを抱きしめてめちゃくちゃに揺すぶってやりたいというような気の狂いそうな衝動が、ぼくを全く新たにとらえ激しくゆさぶるのを感じた。それに彼女は、とにかく裸でいるなんて、もしかすると色情狂（素晴しいじゃないか）なのかもしれない、ほんとうに待っているのかもしれない。

「きのうはどの先生だったの？」と彼女が突然きいた。ぼくは彼女が、ようやく真白い包帯を手にしてぼくの親指を巻き始めるのを眺めながら、さびついた頭をギシギシさせるような感じで思い出して言った。

「色が白くて肥っていて、やさしい小さな声でしゃべる先生がいるでしょう? 細い目をした、」

彼女は何も言わず、まるでぼくの言葉が聞えなかったように包帯を巻き続けていたが、次の瞬間肩を微かにふるわすようにして、声には出さずにからだ中で(恐らくは)笑った。その謎めいた様子は、ますますぼくの想像力とそして欲望を刺激するような種類のものだった。彼女は、その手にしたすごく太い包帯の輪を全部使い切るまでやめないんじゃないかと思うほど、いつまでもいつまでも、それも指だけでなくかとから足首の方まで、ゆっくりゆっくりと巻き続けた。彼女がやっと手をとめたのは、ぼくのくるぶしの上を七回半も巻いてからのことだった。

「はい、終ったわ。」と、彼女は包帯を小さな金具でとめて言った。そして膝の上の大皿を足もとの床の上にゆっくりとおろした。ぼくはなんとなく上半身を起したが、彼女が膝のあたりの椅子にいるので、そのままグルリと廻っておりることもできず、足を伸ばしてすわったかっこうのまま彼女を見おろすことになった。彼女はまたポケットから煙草とライターをとり出して火をつけようとしていたが、ベッドの上のぼくからは、また彼女のあの柔らかく息づく裸の乳房がよく見えた。そして彼女は、吸いこんだ煙をまたゆるやかに吐き出しながらぼくをじっと見つめ、例の目と唇の両端をキュッとさせる独特の表情でぼくに微笑みかけた。ぼくはまた微笑み返そうとしたが、今度は硬《こわ》ばってしまってもうまくはいかなかった。ぼくがすべきことはなにか他にあるということが、はっきりと分ったように思えたから。でも何を、そしてたとえば彼女が煙草を吸い終るまで待つべきなのだろうか。

その時彼女が、薫さん、と囁くように言った。そして次の瞬間彼女は、微笑んだまま目を閉じるとぼくの膝の上に静かにからだを伏せるようにして、ぼくの腰に顔をうずめてしまった。右手でぼくの腰を抱えるようにして、そしてまるでぼくの硬く盛りあがった興奮のしるしに頰ずりをするようなかっこうで。ぼくは、彼女の柔らかい頰とそして唇がぼくにやさしくおしつけられるのを、そしてぼくの激しく脈打つ興奮が彼女のその頰と唇に硬く熱く伝わっていくのをはっきりと感じた。ぼくはもうダメだった。ぼくはすぐ彼女をベッドの上に抱え上げキスをしてそして抱きしめてやらなくてはならない。ぼくは、彼女がそのままほとんど唇も動かさずに、もう一度、薫さん、と呟くのを聞いた。ぼくの頭には、例の「据膳食わぬは」とか、断わって女性を傷つけてはいけないとかいった話が次々とうかんできた。

でも、ぼくはいまでもよく分らないのだけれど、結局のところ身動き一つ、彼女の髪の毛を撫でることさえできなかった。彼女はぼくの腰に頰をうずめるようにからだをあずけたまま、いつまでもじっと待つように動かなかった。もちろんぼくは緊張しすぎていたのかもしれないし、経験がなかったからでもあるのだろう。そして、ほんとうに説明しようもないのだけれど、ぼくはやがて彼女がそのまま寝入ってしまうまで（なんてことだ）じっとしていたのだ。つまり、考えてみれば全くおかしな話なのだけれど、彼女はそのぼくの腰に頬をうずめるような姿勢のまま、いつの間にか眠ってしまったというわけなのだ。ぼくのふがいなさに呆れ果てたのか、それともほんとうにすごく疲れていたのか、いずれにしても彼女はすやすやと眠りこんでしまったのだ。

　そして、それからいったいどのくらいそうしていたのか、ぼくにはよく分らない。ぼくは、初めまずベッドの枕の方に投げ出されている彼女の左手の指先に、煙草が長い灰をつけて煙っているのに気がついた。そしてそれをそっととりあげて、でも動くわけにはいかないから、その吸いかけのホープのフィルターのところを指先で持って、全部燃えつきるまでじっくりと眺めていた。でもそれが終ってからは（ぼくは残ったフィルターを実に慎重に狙って屑入れにうまく投げ入れたものだ）、言うまでもないことだが、もうどうしようもなかった。ぼくは相変らず興奮しっ放しで、もう全身が猛烈なマッサージでも受けたみたいにカッカとして、何かをまとめて考える気もしなかった。そしてぼくの腰の上には彼女のくすぐるような寝息が熱くこもり、膝の上では彼女のあの柔らかい乳房が温かく息づいていた。これはほんとうに、どうしようもない話だった。

そしてそれからいったいどのくらいたったのだろう。ぼくが興奮とそして身動きしない緊張とで全身が焼けついてバラバラになってしまうような気になってしばらくして、彼女はやっと目を覚まし、そして静かにからだを起した。そして彼女は、短い眠りのためか頰を柔らかく上気させ、そしてぼくを見てちょっと微笑んで(あの例の微笑ではなく、まるで子供のようにはにかんだように微笑んで)、ごめんなさいね、と呟いた。ぼくはちょっと首を横にふって、そして自分でも驚いたのだけれど、すごく自然に微笑み返した。

「疲れているの、とても、」と彼女は目を伏せ、そして乱れた髪の毛に手をやるようにして言った。そしてそれから改めて顔をあげ、ぼくを見つめ、やっとまた例の素晴しい目と唇の端をキュッとやる微笑をやさしくうかべた。ぼくはどうしていいか分らないまま(なにしろまた彼女の乳房が見えるのだ)、でもすっかりしびれたような下半身をそっと持ちあげて、なんとなく恥ずかしくベッドからおりた。

「だいじょうぶ?」と、彼女は立ちあがってたずねた。

「はい。」とぼくは答えた。ぼくは彼女になにか言わなければならないことが沢山あ
るような気がしたけれど、うまく考えがまとまらなかった。
ドアのところまで歩いていったところで、寄りそうようについて来た彼女が、ふと
ぼくの腕をとってひきとめた。そして、薫さん、と呼んだ。ぼくがふり向くと、彼女
はすごく真剣な顔をしてぼくを見つめ、それから、ありがとう、と言った。ぼくは恐
らくは恥ずかしさからカーッと耳が熱くなり、そしてあやまるように言ってしまった。
「好きです、あなたが。」

そして彼女の日になんとも言えない或る深い表情のようなものがうかぶのを見て、
ぼくはあわてて、さようなら、と言って部屋から逃げ出した。玄関に出てきても誰
いなかったので、ぼくはジャンパーをひっかけ、また例の猛烈なゴム長靴に足をつっ
こんで本日休診の病院を出た。もうお昼近いのだろう。淡い真冬の曇り空からぼんや
りと薄日がさし、ひんやりと爽やかな風がぼくのからだを吹き抜けた。診察室がやた
らとスチームがさいていたし、ぼくはまた少し汗をかいていたわけなのだ。

でもその爽やかさと、そしてぼくがなんとなく抱いていたわけの分らぬ嬉しさみた
いなものは、ほんの十歩も歩かないうちに、なんとも言えない憂鬱と大袈裟に言えば
いなごの大群みたいにやってきた悪口の大襲撃を受けてすっとんでしまった。そして

ぼくは、ぼくの下半身が足だけでなくなんとなく硬ばっていて、そして腰のあたりに(男にきり分らないと思うけれど)あの気だるい引きつれるような重苦しさが残っているのを感じて、全くうんざりとしてしまった。

5

ぼくを襲ったいなごの大群みたいな悪口というのは、要するにぼくがまた例のお行儀のいい優等生ぶりを発揮したということに集中していた。つまりぼくは、平たく言えば「女をモノにする」絶好のチャンスを逃して、しかもなんてことだ、なんとなく嬉しいような気がするなどということになっては、これはちょっと、たとえば「フリー・セックス」の現代においては許しがたいほどのいやったらしい優等生ぶりではあるまいか。お行儀のいい優等生がいかにもお行儀のいい優等生ぶりを発揮して……。

ぼくはジャンパーのポケットに両手をつっこみ、例のゴム長をブカリブカリさせてゆっくり歩きながら、ふとバスに乗り遅れるという言葉を思いついた。つまり(極端に大袈裟な言い方かもしれないけれど）ぼくみたいなのは、そもそも現代では最もはやらないタイプというか、むしろ総スカンを食うタイプの若者なのではあるまいか。たとえばお行儀のいい優等生なんてやつだが、テレビドラマはもちろん小説にだってこんなのはほぼ絶対に出てこない。出てくるとすれば、そいつは必ず悪役というか、たとえば純粋に恋し合っている二人の間に、娘の母親が推薦するいやったらしい「将来有望のエリート」なんて役でわりこんでくる（そしてどういうわけか娘は決って一度はその優等生のところへお嫁にいって、あとで必ず不幸になるんだ）。そうでなくてヒーローで出てくる場合は、ちょっと頭のきれそうな男は必ず少しグレてるとかからだが弱いとか、あるいは芸術的苦悩のような猛烈深刻な悩みを明らかに抱えていて、まわりを絶えずハラハラさせていなければならない（これはちょっと気をつけて見ていればすぐ分ることだけれど、ほんとにおかしくなるほどそうなんだ）。つまりぼくみたいに一応の優等生の上にお行儀がよくて、しかもとびきり健康で、さらに悪いことには深刻な悩みなんかでまわりをハラハラさせたりなんて絶対にしないなんてのは、文字どおりお話にならないつまらないやつなのだ。そしてこの「お話にならない」というのは、どうやら現代では一種のサービス不足というのか、それ自体なんていうか許しがたい存在みたいなところがあるのではなかろうか。たとえばいまの女医さんとの変てこな出来事にしても、これがほんとに単純で素朴な若者やあるいは逆に女たらしの不良少年なんかならなんとか話になる。でもぼくではいけない。ぼくでは、東大受験ではないが、要するに「ああ、あれか」になる。つまりお行儀のいい優等生で、将来を計算した安全第一主義者で、冒険のできない卑怯な若者で、きざな禁欲家で、自分の欲望に不正直な偽善者で、いい子になりたがる俗物で、時代遅れのスタイリストで、非行動的インテリの卵で、保守反動の道徳家で etc etc etc……（あーあ、ぼくはほんとに自分への悪口にかけちゃ誰にも負けないってわけなんだよ）。でもぼくは（根が快活な楽天家なのだろうか）、とにかく「いなごの大群」に腹いっぱい食べさせてやりすごしてしまうともうかなりさっぱりとした（つまりぼくは、こういう自分に対する悪口を、別に否定するわけじゃないのだ）。それどころか、ぼくはふとまた、あのぼくの腰に頰をうずめてまるで子供みたいにすやすやと眠ってしまった彼女のことを思い出して、なんとなく石でもころがってたらポンと陽気に蹴《け》りたいような気分さえ感じた。つまりぼくには、ぼくを襲った悪口を全部認めても、まだなんていうか「字あまり」みたいに残るなにかわけの分らぬぼくだけのものが確かにあるのだ。そしてこれはなにもいまだけじゃない。ぼくはきょうだけでなく、これまでにもいわゆる「女の子をモノにする」チャンスを相当バッタバッタと逃してきたようにも思うけれど、それはおかしな言い方だけれど、ぼくにとってはなんとなくやむを得ないというか自然に思えるようなところがあったのだ。もちろんこんなことをどう説明したらいいのかとなると、なんとも分らなくなるのだけれど。

つまりぼくは、(こんなことをわざわざ断わるってのがそもそも相当に残念だが)いまの女医さんの時だけでなく、ほんとにしょっ中、全くちょっとしたことでカーッと興奮してしまって、誰でもいいから女の子を強姦しちゃいたくなることが、まあ一日に最低二度ぐらいはある。いや、学校のある時は朝の満員電車の中でぼくはほとんど毎朝みたいに痴漢スレスレまでいくから、二度どころではないかもしれない。こういう電車なんかでは、言うまでもなく相手のことなんか全然知らないし、愛しているかどうかなんて考えるひまもないわけだが、それでも或る意味でぼくの「恋」は車内の「空を染めて燃えたよお」(これはピンキラの『恋の季節』だ)ってことになるのだろうから、考えてみれば全く男の子ってのは始末が悪いと思う。

だから、これがちょっと気に入った女の子とのデートで、特に従兄に借りた真赤なホンダN360(ぼくは軽免許を持ってるんだ)でドライブしたりするとなると、これはもうそれこそ全くいけない。ぼくは自分がいくら「無事これ名馬」であっても、ほんとによくまあ無事に帰ってきたものだと、うまやへたどりつくたんびにつくづく思うようなきわどいデートをしてくることになる。ほんとうに、痴漢寸前の電車にしろ、こういうきわどいデートにしろ、ぼくがそのスレスレのところで、なんていうかどっこいまだだったといった感じで生きながらえて（？）帰ってきているのは、考えれば奇蹟みたいに思えるほどなんだ。

それから、きわどいという点でもっとすごいのではこんなのがある。ぼくの友達で私立へ進んだ人たちの中には、こういう女の子の問題で、話半分としてももう相当に猛烈な連中がいるんだ（日比谷には、小説や口ぶりではともかく、実際にそんな甲斐《かい》性《しょう》のあるやつは残念ながらまずは皆無なんだ）。そしてその猛烈な「この道の先輩」の中で一人、どういうわけかぼくを「オトコにしてやりたい」というすごい情熱を持っている松岡ってやつがいて、しょっ中いろんなゴーゴー・パーティやなんかにぼくを連れ出して、女の子をとりもってくれたりするわけだ。そしてこういう時の女の子っていうのは、なんていうかすごく話が早いというか、『平凡パンチ』やなんかによく出てくるカッコいい女の子たちに、こっちが恥ずかしくなるほどよく似ていて、ほんとにすぐ「ラリパッパ」になったり、脱いじゃったり、「朝のコーヒーふたりで飲もう」なんてことを言い出すのだ。そしてぼくは、（何故だか電車の中の痴漢スレスレを白状するよりずっとうしろめたい気がするけれど）こういう女の子たちを相手にしても相当に興奮して、それこそ「あなたほんとにドーテーなの？　愛しちゃってていい？」「うん」なんてだらしない状況にすぐなっちゃうのだが、でもこういう時も、結局はさあと始まりそうになるとなんとなく逃げ出すってことになるわけなんだ。

特にひどかったのは去年の暮にやった乱痴気パーティで、この時は十何人来た女の子のうち、一人を除いてみんな酔っ払ってあちこち脱いじゃってえらい騒ぎだったんだけれど、ぼくはどういうわけか全然タタないで、その一人だけ全然脱がないジャズ歌手の卵の女の子とずっとアストラッド・ジルベルトの話やなんかをしていたものだ。別に「キドッテル」とか「ゴセーケツ」とかいうのではなくて、なんていうのだろう、こういうのは。たとえば、リズムエンドブルースやなんかの猛烈な騒音にシビれちゃって、お酒を飲んで踊り狂ってそれから「ハプニング」的にセックスしちゃうなんていっても、そういう男の子や女の子たちをほんのちょっとでもよく見ると、どうもサマになっていないような感じがしてくるのだ。つまり（こんなことを言うと、ほらまた優等生がとかなんとかいなごの大群が来るだろうけれど）そういう男の子や女の子が、自分では確かに最も新しくてカッコいいことをやっていると思いながらも、実は本人自身なんとなく信じきれないというか、ほんとうはちっとも楽しくないんだというようなことが、なんとなく悲しくなるようにはっきりと伝わってくるような気がして、そうなるともうダメになってしまうというようなわけなのだ。もちろんそういうなかには、ちょっと年かさの教祖みたいなのがいて「オレたちは不幸なんだ、不幸なんだ」とか怒鳴って、そういう乱痴気騒ぎによってこそ「オレたちはオレたちの実存を、その孤独と荒廃を確認できるんだ」なんて教えてくれたりするのだが、これもなんとなく変だと思うのだなあ。つまり（また優等生だろうけれど）ぼくに言わせると、そうやって暴れたり女の子のからだにさわっていないと確認できない実存なんてのは、どうも大したことがないような気がする。何故って、そうやって暴れたり女の子を抱いたりするのはちょっとあまりに簡単すぎるから、逆にそれで確認できる実存とか孤独なんていうのもちょっと簡単すぎてつまらないのではあるまいか。それに懐中電灯やなんかじゃあるまいし、女の子にくっついたり離れたりするたんびに、「実存」や「孤独」がついたり消えたりするんじゃずいぶんいそがしい話でかなわないとも思うんだ。まあ、これは一種の趣味の問題かもしれないけれど。とは言っても、こういう乱痴気パーティなんてのはほんとうに面白いもので、ぼくはただその誘ってくれる友達への義理だけでなく、（大体、猛烈好奇心が強いんだ、ぼくは）自分から進んでよく参加するわけだ。そして、実際問題としてほんとうにいろいろなことを考えさせられるような気もする。たとえば、すごく飛躍するみたいだけれど、そういう時どういうわけか突然に、よしぼくはお坊さんとかカントやなんかみたいに、一生女の子なんてやめてやるぞ、なんておかしな決心をしてみたり、えらくこの自分が面白くなるようなところがあるわけなんだ。

だからもちろんそういう時は、ぼくは自分がタタないで考えこんでるなんてところは、誰にも見せたりしない（これはいわばエチケットだと思うし、それに実はぼくはちょっとしたピアノの名手で、こういうパーティでは相当に役に立つんだ）。でもその、ぼくを「オトコにしてやりたい」松岡ってやつには（こいつは言うまでもないけれど、実にいいやつなんだ）、結局ぼくが「ヤラない」ことが分るから、病気の心配ならこうしろとかなんとかすごく気をつかわせることになって、これはほんとうにちょっとすまないような気もしている。つまりその暮のパーティなんかでは、みんなほぼ確実にセックスしたりなんかして実存を確認したらしいのだが、ぼくはその脱がない歌手の女の子とえらく気が合って、みんなが寝に行ってからもピアノを弾いてちょっとしたジョイント・リサイタルを始めちゃって、ボサノバからシャンソンから歌謡曲から、最後はとうとう世界中の子守唄をみんな素敵なデュエットでやっちゃったりして、負け惜しみでなく楽しかったんだ。でもそしたら、あとで彼はさすがにえらく深刻に心配して言ったものだ。

「おい、あの、フノーなのかおまえは？」

もちろんぼくは、自分がフノーというより明らかに色情狂か強姦魔に近いことを知っているから、いくら彼をがっかりさせないため（？）とはいえ「うん、フノーなんだ」なんていうすぐバレる（にちがいない）嘘は言えない。そこでぼくは彼に、ちょっと新派のテレビ解説みたいだけれど、実は好きな片想いの女の子がいて、そいつにミサオをたててるんだ、なんて打明けてみせたが（だってそうでも言わなければ彼に悪いではないか）、そうしたら彼はあきらめるどころかすごくはりきってしまって、「どんなタイプだよ。早く言えばいいのに。」なんてえらく嬉しそうに言ってくれたものだった（ほんとうに、繰返すけれどいいやつなんだ）。きっと大学受験のドサクサシーズンがすぎた頃になったら、彼はまたぼくを誘って、ぼくがその時あわてててっち上げた「目が酒井和歌子で、鼻が内藤洋子で、口が松原智恵子で、スタイルはマリリン・モンローで」とかなんとかいった相当に難解な女の子を（しかも全く正確に？）見つけてきてくれるのじゃないだろうか（でも、そうしたらどうしよう？）。

それから「ミサオ」といえば、話がまたとぶけれど、そういうゴーゴー・パーティなんかで、ぼくがまるでほんとうに「フノー」になったみたいにひそかにだめになってしまう時、ぼくはふっとあの由美のやつのことを思い出したりすることがあるのだ。

それも別に特に彼女に「ミサオ」をたてているといったようなことでは全くなくて(当り前だ)、つまりたとえば二人でお坊さんに(敵は尼さんだけれど)なったらどうかな、なんてそういった種類の馬鹿ばかしいことをふっと考えるわけなのだ。これはどう見てもやっぱり相当に変かもしれない。

もっとも彼女の方だって(もう気づいているかもしれないけれど)相当に変な女の子なんだから、まあ武士は相身互い(?)といったところかもしれない。何故なら、彼女が変な女の子だというのは、たとえば小学校六年生の春のことだが、或る夜十時すぎてから(小学校六年生にとっちゃ真夜中もいいところだ)彼女はうちへやってきて、ぼくを呼び出して、わざわざ門のかげまでひっぱっていったことがあった。その日彼女は初めてメンスがあって、それでぼくに教えにきたわけなんだ。そして彼女は、寒さとびっくりしたのとでブルブルふるえているパジャマ姿のぼくに、あたしはもう一人前の娘なのだから、男のひとにいつ強姦されるか分らない、あなたはそういう時に、必ずあたしを守ってくれる?　なんてきいた。うん、なんてぼくは緊張してふるえながら、すごく真剣に答えたっけ。そうしたら彼女は突然ぼくに抱きついてきて、抱きしめるというより締め殺すといった感じでぼくにしがみつき、それこそいつまでもいつまでもそのちっちゃな肩をふるわせて泣いていたものだ。彼女はそれからやっと泣きやむと、棒みたいにコチコチになってつっ立っているぼくに、すごおくやさしいキスをしてくれた。そしてぼくはパジャマのまま彼女をうちまで送っていき、帰りはまた興奮と寒さでぶるぶるふるえながら、明日から柔道を習おうと思った（そしてほんとうに始めたんだ）。ついでにつけ加えれば、ぼくは彼女とキスしたのはあとにもさきにもこの時だけなんだから、これも相当に変じゃないだろうか。

それから中学二年生の時の夏休み、両方の母親も一緒に四人で河口湖で半月暮した時、彼女は或る夜ぼくにこっそりボートをこがせて湖のまん中までいかせた。そしてそれからなにをしたかというと、突然着ていたカーディガンの胸を開いてそのふくらみはじめた乳房を見せてくれたのだ。もっともその乳房はまだとってもちっちゃくて、乳房っていうよりなんていうのだろう、ほんのふくらみはじめたくちなしの花の蕾《つぼみ》みたいな感じのもので、実際その夜の微かな月明りなんかのもとでは、ほんとによくよく見なければ分らないくらいのものだった。でもぼくは思わず息をとめてうっとりと見とれてしまったものだ（笑うかもしれないけれど、ほんとにきれいだったんだ）。そしてしばらくして、きれいだ、とぼくがどうやら言うと、彼女はいまにも泣きそうなおかしな顔をして（微笑んだつもりだったのかもしれない）、さわると痛いの、と言った。そしてぼくはなんとなく、寒くない？　なんてきき、彼女は、寒いわ、なんて言っちゃって（まるで真冬の話みたいだけれど）すぐカーディガンのボタンをかけてしまった。まあこれは、きっと用心棒としてのぼくへのお礼か、または彼女の強姦される危険が増したことの警告だったのかもしれない。そしてまたついでに言えば（残念ながらもう言うまでもないかもしれないけれど）、ぼくが彼女の裸の胸を見たのはこの時が最初で最後ってわけだ。

まあ、こういうのは、言われるまでもなくみんな相当に変てこだと思う。それに考えてみれば、それからこっちというもの、ぼくたちはほんの時々（というのも大体半分はけんかしているわけだし）手をつないで歩くぐらいがいいところで、キスだ乳房だどころか、彼女は腰に腕を廻すこともさせてくれない。もっともぼくだって頭にくるから、こっちから腕を廻したりなんて断固としてしないわけだ。それにこれもまたすごくおかしな話だけれど、彼女はどうも、いま話した最初のメンスをぼくに教えちゃったりしたことで、ぼくに「用心棒への前払い」を払いすぎてシマッタとでも思ってるような気がするし、そう考えてみれば、ぼくとしてももらい過ぎちゃって悪いような気が実はしている。だからそのせいもあるし、それにもうこうなったらやけだからみんな言ってしまうと、手をつないで歩くといっても、ぼくたちのは実際には手というより指先を軽く重ね合うってな感じで、それも誰も他人が見ていない時に限るってんだから、相当変どころか、これはもう呆れ返るってほうかもしれないんだ。

もちろんこんなのは、また芸術派を持ち出すまでもなく、あるいはものすごく不自然で自らの欲望に不正直で若々しさに欠けた、いやったらしい優等生スタイル云々《うんぬん》かもしれないということは、ぼくもよく思うのだ。でもこれはどう言ったらいいのか、とにかく信じてもらうほかないのだけれど、ぼくはこと由美のやつに関しては、もうなれてしまったせいか、時々指先を重ね合せて手をつなぐぐらいでも、どうやらそう不満ではないらしいのだ。別にあいつにセックスアピールがないというわけじゃあない。ぼくだって時々カーッときて、それこそ痴漢寸前の電車やホンダN360どころじゃなく、あいつをめちゃくちゃに強姦しちゃいたくなることもあるのだが、なんていうかそういう時ってのは、ぼくが大体パッとしないような時らしいのだ。そして、つまりぼくが普通の時はというと、これが要するにだめなんだ、つまりタタない（これは小声だよ）。だから白状すると、ぼくは時々由美と結婚したらどうなるかなんてことも考えるのだけれど、これがどうしてもサマにならない。話がまたとぶけれど、ぼくは眠狂四郎のちょっとしたファンで（ああ、これはまた芸術派の連中、『椿姫』どころじゃなく猛烈頭にくるだろうな）『週刊新潮』を欠かさず読むのだが、去年の暮に、昔の武士は三十代でせいぜい月一度とか、とにかくあまり「閨房《けいぼう》の営み」をやらなかったし、うまくいけば大晦日だけですんだなんて話が出ていた。まあこれは、柴田錬三郎って人は時々あんまりうまい話を書くのでちょっとまただまされたような気もするのだが、でもその話を読んだ時ぼくは、しめた、なんて気がちょっとしたわけなんだ。つまり年に一度ぐらいならなんとかなるんじゃないか。つまり、まあこれ以上書くと、あいつがそれこそほんとに舌かんで死んじゃいそうだからやめるけれど、要するにこんなこと考えるようではもうだめだとも思うわけなのだ。つまりぼくは確かに彼女のことがえらく気にはなるけれど、どうやらそれは、いわゆる惚れてるとか恋してるとかいう気持とはちがうのではないか。つまり簡単に言えばボディガードの心境だ。たとえば彼女は、恐らくは仕立屋のせいで、一緒に出かける時なんかものすごいミニスカートでやってきたりするわけだ。ところがそうなるとぼくは、ふつう電車の中ですわっているミニスカートの女性なんかにはすごく感じちゃうくせに、この時ばかりはそうはいかない。二人だけの時はまだいいのだが、他の友達もいっぱいいる集まりなんかになると、もう全く落着かない。それにあいつは、(ボディガードのひがみかもしれないけれど)そういう時に限ってなんていうかやけに色っぽいというか、まるでわざとしているみたいにこうミニスカートの扱いなんかしどけないようなところがあるんだ。そしてそういう時ぼくは、もちろん誰にも悟られるようなヘマはしないけれど、内心では自分が全く馬鹿ばかしい用心棒、というより間の抜けたキングコングかなんかになったみたいな気がしてしまうってわけだ。まさか仕立屋に文句つけにいくわけにもいかないし、こういうのはほんとに全く馬鹿げていると（誰にも言われなくたって）つくづく思う。さっき言った、あいつと二人でお坊さんになりたいなんてのも、きっとこういったところからも来ているのにちがいないのだ。

なんだか余計なことばかり言ったみたいだけれど、でも要するにまあざっとそんなわけで、結局ぼくは、毎日痴漢・強姦魔・色情狂スレスレの、それこそあとは積分だけといった存在でありながら、実際には「女の子をモノにする」チャンスを逃しっぱなしにして、時々幼な友達と手をつなぐのが精一杯といった生活を送っているわけなんだ。そしてぼくが言いたいのは、それはなにもぼくがいろいろいやったらしいお行儀のいい優等生だからというわけだけではなくて（そのことを否定はしないんだよ）、たとえば由美と二人でお坊さんになりたいといったようなことも含めた、或るわけの分らぬ何かをぼくが感じるせいではないか、というようなことなんだ。つまり、時代遅れの道徳家とかお行儀のいい優等生とかいった言葉ではなくて、むしろそういった言葉からはみ出すようなもの、なにかもっと具体的なこと、たとえばもう一つ例をあげれば、きょうのあの病院の女医さんとのことを考えているうちに、何故だか分らないけれど、いつの間にかこれから話す話を一生懸命思い出しているというような、そういったことなのだ。

その話というのは、ぼくが一年生の十月初め、ぼくが赤坂見附から銀座に出ようと地下鉄丸の内線に乗った時のことだ。ちょうど午後三時すぎのすいている時間だったが、ぼくがなんの気なしに腰かけた席の真正面に、二十四、五の（七、八かな）女性がすわっていた。彼女はすごくきれいな仕立ての白とブルーのチェックのスーツを着て、焦げ茶のブーツをはいて同じ色の小さなハンドバッグを膝の上において（ぼくはすごくよく覚えているんだ）、要するにとてもおしゃれなきれいな女性だったのだけれど、どうしたことだ、頬いっぱいに涙を流して泣いていたんだ。それもハンカチーフや手で目頭をおさえてとかいうのではなくて、真正面を向いて、手はバッグを抱えたまま、とにかくまわりのことなんて全く目に入らないように、あとからあとから溢れ出る涙で顔中をグショグショにぬらして泣いていたんだ。これにはぼくはもうすっかり驚いてしまって、まさにポカンと口をあけて眺めてしまった。もちろんぼくだって、人間が時にすごく泣くものだということは知っている。それに（こんなことを言うこと自体がまた相当に残念だけれど）ぼくだって泣くことがあるし、それもさっき言ったキンポウゲの花をふってるマルクスなんてカッコいいやつじゃなくて、時にはごくごくだらないテレビのメロドラマなんかでも、つぼにくると例のお手伝いのヨッちゃんなんかと一緒にホロホロ泣いちゃったりすることがある。でも、まあごく一般的に言って、やっぱり泣くっていうのは、特にそれが人前では、相当に時と場合を選ぶべきものなんじゃないだろうか。ところがその女性は、人前もなにもあらばこそ、堂々というかなんていうか、全くひとりぼっちで、全く自分だけの世界にいるように、ほんとうにもうただひたすら涙を流して静かにしんしんと泣いていたんだ。ぼくの他にもバラバラと乗客がいて、もちろんみんな彼女を一斉に見ているのだが、そんなことと全くおかまいなしに、それこそただひたすら顔中涙でぬらして泣き続けていたんだ。そして電車は国会議事堂前、霞ヶ関と進んで、そのたびに新しく乗りこんだ乗客が彼女を見て驚いてしまうのだが、彼女は全然かまわずに泣き続ける。そして要するにぼくは、(うちの母と由美と映画を見に行くので銀座のウエストで待合せていたのだけれど)どうにも降りられなくなってしまって、とうとう本郷三丁目まで乗り越してしまった。そしてここで逆に、今度はそれ以上見ていられなくなって、あわてて降りてしまったというわけだ。何故かといって、(すごく生意気みたいだけれど)一人の女性が目の前でこんなにも悲しそうに泣いていて、それなのにそのひとに何もしてやれないというようなことがはっきり分ったら、これはほんとうにどうすればいいのだろう。もちろん、どうしました？　なんてそばに行っていけないことはないけれど、彼女の泣き方には、そんな「釣れますか」などと声をかけるようなことが全く無責任だと思わせるようなそんな何かがあったんだ。たとえば、彼女に声をかけるとしたら、彼女がそれこそ泣きやむだけでなく、彼女がすっかり倖せになり、毎日底抜けに明るい笑い声をたてるまでにしてやる覚悟と力がなくてはいけないんだ、とでもいったそんなことを考えさせられるような何かがだ。そしてぼくには、（残念だけれどもちろん）そんな覚悟もできなかったし何よりもまず力がなかった。そしてぼくは、なんていうのだろう、そんな自分の力のなさのようなものにいたたまれないようなわけの分らぬ悲しさでいっぱいになって、とにかくとびおりて、そしてそれから反対方向のプラットフォームにいく階段を登りながら、突然、猛然と断固として一つの決心をしたのだ。その決心というのは（きっと、というより絶対確実に笑われると思うけれど）、要するにぼくは一生女性を泣かしたりはしないぞ、というものだった。そして、まあ笑われても全くしかたがないと思うけれど、ぼくはその時ほんとうにそう思い、ほんとうに断固としてそう決心したのだ。女性を泣かすなんて絶対にしてはいけない、女の子を泣かしたりしては絶対にいけない、ほんとうに、ほんとうに絶対いけない……。

もちろんぼくは、このことが、きょうの病院でのあのおかしな出来事とどうつながるのかよく分らない。ものすごく関係があるようにも思えるし、全く関係がないようにも思えるから。ただぼくが言いたいのは、ぼくが、たとえばきょうの女医さんの場合でも、また他のいろいろな女の子の場合でも、そこで何かを感じ考え行動しあるいは行動しなかったり(具体的には「手を出したり出さなかったり」、そしてぼくの場合はこれまで常に手を出さないというだらしない結果だけれど)するのは、他の人にはどう見えようと、実際問題としてぼくにとっては、こういったどうつながるのかわけの分らないようないろいろなこととの、あるいは偶然にも思えるし、もしかすると必然的かもしれない結びつきのなかから出てくるらしいということなのだ。そしてこれはもちろん、女の子とのことだけではないとぼくは思う。ぼくが毎日いろんなことにぶつかり、そこで考え感じそして行動するすべては、はたからはどんなにつまらない既成概念(たとえばお行儀のいい優等生)に従っているように見えようとも、このぼく自身にとっては、それこそぼくがぼくのなかに「薫・薫・薫・薫・薫……」と銘をうってつみかさねてきた、ぼくの体験、ぼくの知識、ぼくの記憶、ぼくの決意、ぼくの思い出、ぼくの感動、ぼくの夢といった、つまりぼくのすべてとの或るわけの分らぬ結びつきから生まれてくるものなのだ。そしてぼくは、いまのところまだわけの分らぬこのぼくのなかのさまざまな結びつきをできるだけ大事にしよう、その結びつきの一つとなるはずの一つ一つのぼくの出来事を大事にしようとそんなことをいつも思っている。たとえそれが女の子を泣かさないといった言ってみれば馬鹿みたいなことであっても、それがなんていうか要するにこのぼくのものである限り、いつかは必ずぼくの何かと結びついて、あるいはぼくをそれこそいろんなスレスレのところで、どっこいまだまだと辛うじて支えるものとなるかもしれない、なんて。

なんだかうまく言えないのだけれど、でも考えてみればこういうことは、やはり実はもともと他人に言ってもしようがないこと、そのことをしゃべろうとすると、どうしても自分にきり通じないような言葉でしか話せないっていったようなことなのかもしれない。

6

ところでぼくは、例のゴム長靴をブカーリブカーリとさせながら、相当にゆっくりとうちへ向って歩いていた、もしかすると、テニスから帰ってくる由美のやつにばったりと、つまりこれまでの実に豊富な経験から言って、絶交を解消するのに一番うまい形で会えるんじゃないかという気持もあったからだ。ぼくはいつだったか、うまくできた恋愛小説は、政治学のよい教科書になるという話を読んだことがある。そしてその時ぼくは、なんとなく由美との間の絶えざるけんかと仲直りを思い出して（これが恋愛小説だなんてことは全然考えていないよ。「少女と用心棒」がせいぜいなんだから）、なるほどほんとうに「国交断絶」はやさしいけれど、「国交回復」の方は相当にデリケートなものにちがいないなんて考えたものだ。もちろんこんなことを言ったからって、ぼくは彼女とのほぼ十八年にわたるいわば「戦争と平和」（？）の物語が、国際政治のいいモデルだなどと思っている余裕なんてありはしない。ただたとえば、せんだってのベトナム和平をめぐる拡大パリ会談で、会議場のテーブルの形をめぐる実にこう馬鹿ばかしくも深刻な議論が続いたりするのを見ると、ちょっとそのなんていうかわが身を省みて「よく分る」ってな気になったりするのだ、猛烈に僭越《せんえつ》で不謹慎かもしれないけれど。

ところが、ついてない時はあくまでついてないので、由美にバッタリどころか、ぼくは、ぼくがわが家の周囲一里四方のなかにいる全PTA的奥さんの中で最も警戒すべきひとに、とっつかまってしまった。つまり彼女は、その高校二年生を頭にする二人の息子をみんな付属に入れていて、つまりなんていうか、教育問題というか大学問題にいまや興味最高潮といったタイプの女性なのだ。彼女は淡いクリーム色のコートの襟元から真珠のネックレースをのぞかせ、羽根飾りのついた黒い帽子をかぶって、黒いエナメルのハンドバッグにパンプスをはいて、なんとなく小学校の授業参観日にやってくるママたちのようなかっこうだったが、ぼくを見つけると、もうワアーッといった感じで羽根飾りとコートの裾《すそ》をひらめかせてとんできた。そしてまた例の「薫さん、大変だったわねえ」が始まり、ぼくはみっちりとお相手をつとめさせられる羽目になってしまった。

「ほんとうに薫さん、あなたいったいどうしたかと思って、ずいぶん心配してたのよお。」と彼女は始めたが、恐らくは心配のあまり、(まさかぼくをつかまえた嬉しさのあまりなんてことはあるまい?)ぼくの相当に変てこなゴム長スタイルなんか目にも入らないようだった。

「ほんとうに、あれ、なんでしょうね、ほんとうに、あの安田講堂。あたし十八日・十九日とまる二日ってものテレビの前にすわりっきりで、チャンネルを次々まわして見てたんだけど、ほんとうにひどいわあ、ね? あたし、昔、女子大にいた時、よくあの並木道や、ほら三四郎池なんかを東大のお友達と歩いたりしたもんだけれど、それがどうでしょう、あれ。赤旗たてて、火焔《かえん》ビン投げて、それにヘルメットに鉄のパイプでしょお？　もっともあれ、ほとんどが東大の学生じゃないんですってね。そうでしょお？　十何人きりいなかったんですってね、三百七十五人のうち。……」

彼女は、なんていうか、まるで専門領域について同学の士と語り合うとでもいうような実にまあ活きいきとした調子でしゃべり始めて、もうとまらなかった。そしてぼくはといえば、また例のお行儀よさで応接これつとめているというわけで、正直に言って今度こそはそんな自分にほとほと愛想がつきたものだ。なにしろ、さっきの痴漢・色情狂・強姦魔スレスレの話じゃないけれど、ぼくだって相当にこうカーッとくるほうだから、時には「もうその話はうんざりです。ごめん！」なんて颯爽とやってみたくもなるじゃないか。そしてこの奥さんときたら、まさにやるならこの時をおいてなしと何度も思うほど、豪勢にぼくをうんざりさせたわけなのだ。ぼくの友達の革命派の一人が口癖のように言っていることだが、こういうぼくたちをうんざりさせる大人たちは、要するに「まさにまさにわれら若者の前途に立ちふさがる第一の日常的漫画的体制的敵」なのであって、われら若者の「実存的第一歩」は、まさにこういう連中を断固として粉砕するところから始まるんじゃあるまいか。つまりここで怒れぬぼくなんてのは、ただのお行儀のよいつまらぬ若者どころか、敵にゴマをすりっぱなしの欺瞞《ぎまん》的裏切者であって、現代の若者の連帯を乱す総スカン野郎なのじゃあるまいか。

彼女は、東大あるいは大学というタイトルの見える全雑誌・週刊誌を読破したんじゃないかと思うほどの豊富な知識をバックに、(なにしろサンパ・ミンセーなんて言わずに、いちいち正確に反代々木系・代々木系なんて言うのだ) 大学紛争を論じ続けていたが、ぼくはその彼女の、変な言い方だけれど、ほとんど幸福そのものみたいな顔を眺めながら、いったいこれはどうなっているのだろうとつくづく考えたものだ。もっとも、いくら考えたって何が分るってものでもない。なにしろこういう時ぼくが思いうかべたりするのは、たとえばまず次のようなそれ自体なんともわけの分らぬところから始まるのだから。つまり、一番最近の例で言うと「きみ、エンジ、ニアウのか?」なんてやつを思い出すのだ。これは相当にひどいと思うのだが、われら受験生という実存的若者の間でかなり猛威をふるった。ぼくが理科系ではないことはみんな知っているはずなのに、そのぼくがまあ三十回ぐらいはやられたから、明らかな理科系の連中はみんな百回か二百回はやったりやられたりしてるんじゃあるまいか。言い遅れたけれど「エンジ、ニアウのか?」ってのは、東京工大に行くのかっていう意味なのだ。つまりエンジニアーだ。そして他にもこういうなんとなくうんざりすることってのは、なにもＰＴＡ的大人に限らず実に沢山あるのじゃないだろうか。女の子とデートしたと聞くと、「コイ釣りに行ってキス釣ってきたかい」なんてのもあるけれど、これはまあ程度のいい方だと思う。一昨年の夏ごろ、「カオルチャーン　カオルチャーン、花はおそかったあ」とかなんとかいうすごい絶叫する歌がはやったことがあったが、この時なんか、まあ個人的なことだけれど、あんまりみんなが同じメロディでぼくの名前を呼ぶので、なんていうのかそのたんびにパブロフの犬のことなんかを思い出して、おかしな気持になってしまったものだ。そして「おまえ、ケーコートーだなあ」または「あなた、ケーコートーねえ」ってやつ。これは歴史的というか根強い人気を持つというか、特に女の子なんか、それこそさあ来るぞと思うと必ずやるほどのものだが、ぼくなんかも恐らく、一万回ぐらいやられているのじゃないかと思う。

そしてぼくがまずなんとなく感じるっていうのは、この「あなた、ケーコートーね」といった種類のものと、ＰＴＡ的大人たちのおしゃべりは、どうもどことなく似ている、つまりどっちも悪気なんてもちろんなくむしろ嬉しがっているようなところがあって、それでこっちがなんとなくうんざりするということが分るか分らないかは、説明の問題ではなく一種のセンスの問題らしい、というようなことなんだ。つまり、

「あなた、ケーコートーね」と言った女の子にぼくがあからさまにうんざりしてみせたら、彼女はきっとびっくりしてしまうだろうし、その彼女にこっちのうんざりした理由を理解させることはほとんど不可能だろうと思われるが、それと同じような感じがこのPTA的大人たちに対してもあるのじゃないだろうか。

ところがだ。こんなことを言うと、なんだかぼくがいかにも相手の身になってばかり考えてるみたいでいい調子なのだが、ぼくがほんとうに困ってしまうのは、実はこの先があるからなんだ。つまりぼくは、全く確信をもって言えることだが、もしたとえば誰か由美のようなやつが、ぼくに「あなた、ケーコートーね」みたいなことを言ったら、それこそお行儀もへったくれもあらばこそ、その場でもうカーッときて相当露骨にむっとするにちがいないと思う。つまり、そういうのをぼくが黙って見逃してやったりしたら、それは(おかしな言い方だけれど)かえって彼女に対する友達甲斐を欠いたというか、一種の侮辱みたいなことになるだろう、というようなことを感じるわけだ。そしてこれはもちろん逆の場合もそうで、さっきの「イオニア派」じゃないが、敵はもうそれこそ頭にくるほどキビシクやってくる。愚痴を言うわけじゃないけれど、イオニア派なんてのは相当に情状酌量の余地ありと思うのだが、でもまあ相手は女の子で、こっちは男の子なんだからやむを得ない(のだろう?)。

ところで、要するにぼくが困ってしまうのは、ぼくはかくして、明らかに相手を選んで怒るということなのだ。それも相当に気難しく選んで。そして、たとえば由美のやつとしょっ中けんかするのが、あいつにぼくが一目おいている証拠だとすれば、ぼくはこういった「ケーコートーね」なんて言う女の子や、PTA的大人たちを軒なみ侮辱してるってことになるのじゃないか。つまり慇懃《いんぎん》無礼だ。ただのお行儀のいい優等生とか、「日常的漫画的体制的敵」にゴマをするなんてものじゃない。これはまさに人間無視の基本的人権のじゅうりんだ。優等生の正体見たり、ここにまさにぼくのいやったらしさの焦点があるのじゃなかろうか。しかも困ったことには、実際問題として、この目の前でいかにも嬉しそうに自民党文教部会や文部省や加藤代行や機動隊やとおしゃべりを続ける奥さんをどなることは、ぼくにはどうしてもできない。いやそれどころか、ぼくは、ひょっとして自分がこの奥さんを敵として認めないというか、つまり彼女に慇懃無礼を働いているんじゃないかなんてことが頭にひらめくと、それこそ大あわてで、かえってますます一生懸命お相手をつとめちゃったりするわけなのだ。いったい全体、このぼくはどうなっちゃっているのだろう。もちろんぼくにはぼくなりの、こういう種類のスレスレで踏んばるささやかな希望的口実みたいなものがまあないわけじゃあない。つまり、たとえば、また絶対確実に笑われると思うけれど、ぼくは弱い者はいじめないというか、強いやつっきりやっつけまいというようなことを実はいつも考えている。そしてこれはまあ詳しく考えれば、『清水の次郎長』やら『ドンキホーテ』やらいろいろ出典（?）みたいなものもあるわけだが、なんといってもぼくにとっては、これは（実に馬鹿ばかしいことみたいだけれど）六つの時から十二年間もドンという犬を飼っていて、ぼくがそれこそ身にしみて決心したことのように思えるのだ。つまり犬ってのは、ちょっと観察すると分るけれど、弱い者いじめは絶対にやらない。それどころか、仔犬とか年とった犬とか雌犬とか、特に妊娠中の雌犬なんかには、すごくやさしくするものなんだ。妊娠中の雌犬なんてのは、もうそれだけで天下御免の女王様って感じになるんだ。これはほんとだよ。だからぼくも絶対に……なんだか変な話になっちゃった。まあどっちみち、強いやつをやっつけるとかなんとか言っても、いまのところ独占資本と結託した政府権力を相手にしているわけじゃないし、せいぜい由美とけんかするぐらいじゃ大したこともないわけだから、もうやめよう、この話は。

ところで彼女は、やっと一とおりの大学紛争批判を終っていよいよ本題に入ってきた。しかしさすがに専門家（?）だけあって、強烈な角度で入ってきたものだ。

「あたしはね、そりゃ受験生はみんな可哀そうだと思うけれど、でも特に日比谷のみなさんはお気の毒だと思うのよ。特に薫さんたち。だって去年灘に抜かれたんでしょお? 一人だけだけど。今年こそ首位ダッカンっていうのですごかったんでしょお?」

「いいえ、とりわけどうってことはありません。」

「あら、とぼけてる。だって来年じゃもうだめですもの、ね? 学校群ってだめでしょお?」

「それは考え方によると思いますが。」

「そりゃまあそうでしょうけど、でも、あたし思うんだけれど、はっきり言って、日比谷も薫さんたちで最後みたいなもんでしょお?」

「……。」

「あたし思うんだけど、ほんとに薫さんたち気の毒だと思うのよ。せめて東大へすんなり入れればまだいいのに、下からは学校群だし、東大はだめだなんて、ね? 板ばさみね。」

「ああ、それはそうかもしれません。」

「大体あたし思うんだけど、この世の中に頭のよい子と悪い子がいるのはどうしようもないことじゃない? それを無理に一緒にしようなんて、おかしいと思うのよ、ね？」

「……。」

あーあ、ぼくは、この学校群なんかの問題には全く弱いところがあるのだ。というのは、彼女のちょっと挨拶のしようもないほど明らさまな見解は、或る意味で事実そのものであって、この学校群やなんかのことでぼくが考えたり感じたりしたことの枝葉の部分を（実はここがぼくにとっては大事なのだが）うっかり苅り込むと、まさに彼女の意見に要約されかねないような気がするのだから。つまり、ぼくは確かにいわゆる「学校群以前」の日比谷の最後の生徒で、学校群によって、まさに見事というかなんというか、すっかり変ってしまった日比谷の姿をいわば砂かぶりで眺めていたわけなのだ。そしてまあ実にいろいろなことを感じ考えた。どう言ったらよいかよく分らないのだが、要するにまず以前の、つまりぼくが一年生だったころの完全に学校群以前の日比谷高校というのは、或る意味であんなにもいやったらしい学校はおよそどこ探してもなかったといっていい。それも、よくみんなが考えるような、受験第一の優等生が勢揃いしたいやらしさなんて、そんな可愛げのあるものじゃないのだ。つまり、当時の日比谷といえば東大受験競争の総本山みたいなものだってことは分りきったことなのに、入ってみると試験なんて年に二度っきりで、成績の発表なんてものもないから、誰ができて誰ができないのかという優等生にとって肝心なこと（？）すらさっぱり分らないような仕組みになっている。その上授業そのものも、ほとんど生徒が交替で勝手な講釈をやっているなんてわけだ。そして馬鹿でかいオーケストラがしょっ中演奏会をやってたり、おかしな雑誌がボコボコ出たり、とにかくクラブ活動が滅多やたらとさかんで、生徒会活動の方もいつも超満員の生徒総会を中心に猛烈に活溌で、といったありさまで、これを要するに、なんてことだ、学校中が受験競争なんて全く忘れたような顔をして、まるで絵にかいたような戦後民主教育の理想みたいなものを演じていたってわけなのだ。まさに欺瞞的というかキザというかいやったらしいというか、どうしようもないインチキ芝居を学校全体で足なみ揃えてやっていたといってもいい。そして生徒たちときたら、下級生にやたらと丁寧でやさしい上級生を初めとしてみんなそろいもそろって礼儀正しく、女の子には親切で（女の子は数も男の三分の一で、それに他を落ちて「日比谷に廻されちゃったの」なんていう可愛い足弱さんがいっぱいいるってな、ちょっとした西部劇の雰囲気なんだ）、とにかく上から下まで一人前の紳士面《づら》をしてやっていたし、先生も先生で、息子同然の思春期のニキビ生徒たちが一人前の顔をするのを寄ってたかって持ち上げる、つまり生徒の主体性を尊重するというお芝居を一生懸命やっていたわけだ。なかでも傑作なのは、学年の変り目に、なんと生徒の方に、その年とる講義と先生を選ばせる儀式で、これはもう先生も生徒もヤザが過ぎて気が狂ったみたいなものだった。つまりぼくたちは、或る朝一学年全員が校庭に集まってきて、それぞれの思惑に従って、一課目ごとに好きな先生を選び、そして好きなクラス担任を選んでその旗のところに集まる（先生方は、昔の茶店のおやじよろしく、ほんとうに旗を立てて、どうぞ私の店へってな調子で待っているんだから呆れちゃう）。当然、沢山の生徒が集まる先生と集まらない先生が出てくるわけで、そうすると生徒同士の折衝が始まり、じゃああっちの課目おれが譲るからそっちの組へ入れろ、なんて取引きやなんかが校庭中で始まるって寸法だ。もちろん生徒たちは、それぞれ気に入った仲間と徒党を組んで、その徒党は大小さまざま無数にあり、また一匹狼なんてのもウロウロするからこれはえらい騒ぎで、たった九つのクラスがどうやら決るのは日も落ちかけた夕暮になるなんて話になる。もちろんその間、あっちに並んだりこっちに並んだり、取引きしたりぬけがけしたりウロウロキョロキョロ大体は立ってるわけだから、終った時にはクタクタだ。そして帰りがけに新しい担任の先生に、よろしくお願いしますなんて言われて、生徒の方もこちらこそよろしくなんてお互い嬉しそうにやってる図は、どうにも相当ないや味じゃなかろうか。つまりこれは、例の生徒の主体性を尊重するという名のもとに行われるお芝居の典型みたいなものなのだが、それを生徒と先生が一緒になって、それこそ朝から晩まで一日がかりで全員フラフラになってやるなんてのは、まさにキザもいや味もここに極まって気が狂ってでもいなきゃできないのじゃあるまいか、といったところがあったのだ。そしてここにさらに例の芸術派の大活躍が加わる。芸術派は文学派にしろ音楽派にしろ美術派にしろみんな大天才みたいな顔をしていて、あっちこっちでしょっ中雑誌は出るわ音楽会はあるわ展覧会はあるわで、それに他の連中もみんないっぱしの批評家面をしているのだからそのまあいや味ときたらたまらない。つまり(まだまだかつての日比谷のことを語り出したらほんとにきりがないけれど)日比谷って学校は、先生や普通の生徒はもちろん、こういった口うるさい芸術派やそれに革命派までもが呼吸を合わせて、受験競争なんてどこ吹く風、みんなその個性を自由にのばしているのだといった大インチキ芝居を、学校をあげて演じていたというわけなのだ。そして役者と同様、いつの間にかほんとうにその気になったりして、ここに誇りと自信に溢れた、つまり言いかえればこの上なくいやったらしい日比谷高校生ができあがるってことになる。ほんとに、こんなに持ってまわったいやらしさってのは、ちょっと他に考えられないのじゃないだろうか? さっきも言ったように、優等生が集まって受験受験でガリガリやっているなんていうのはまだいいのだ。全国の高校生がみんな頭を悩ましている受験競争を、そのまさに焦点にいながら全く無視したような顔をしていること、これは（たとえそれが表面だけのことにしろ）まさに激烈なる現代の生存競争への一侮辱であり、鼻持ちならぬ傲慢さであり、この民主主義社会では許すべからざるエリート意識なのではあるまいか。この意味でぼくは、民主教育の徹底をはかるという趣旨の学校群制度ができ、それによって日比谷が完膚なきまでに変ったのは、或る意味で当然のことだとも思うのだ。

そして実際問題としてこの学校群制度は、この日比谷のいやったらしさを実に見事に一掃したものだ。要するに、インチキお芝居は終った何もかも、ということになったのだ。まず影響は芸術派に現われた。芸術っていうのはいつの時代でも一種の贅沢品なのかもしれないが、とにかく受験生には余計なものだってことなのだろう。芸術派はもちろん曲者《くせもの》や変り者は少なくなり、オーケストラも雑誌も各種クラブ活動もいつの間にかだめになり、そして生徒総会も空席が目立ちはじめ、やがて半分にそして三分の一にと減って死んでしまった。かつてぼくたちの半円形大講堂で開かれた生徒総会はいつも満員で、保守派・革命派・まあまあ派なんてのが入り乱れて演壇に駆け上り、一人前の市民面をした満員のうるさ型ぞろいの聴衆をうならせるべくあの手この手でせり合ったりして、まあ考えてみればこの上なくキザでいや味な図だが結構面白いインチキ民主政治芝居をやっていたものだ。でもいまやそんな欺瞞的行為は許されないということになった。年二回の試験なんてカッコよさもぼくたちを最後に終りとなり、実力テストが繰返されるようになり、もちろん例の旗立てて先生を選ぶなどという大インチキ儀式もかっきりぼくたちで最後となった。下級生の一部からは、こういう変化に対する反撥の抗議やら署名運動も起ったけれど、それもほんの少数でもう誰もついてきはしない。みんな小サラリーマンのように受験受験で明けくれて、上級生が生徒総会に誘っても、勉強がありますから、と平然と断わる生徒が入ってくるようになったのだから。要するにお芝居はやめよう、キザなインチキはやめて、受験生は受験生らしく素直に受験勉強に邁進《まいしん》しようということなのだ。クラブ活動だとか生徒会活動だとかいった鼻もちならぬ欺瞞はやめて、受験競争という赤裸々な現実を直視しよう、お互い受験競争では敵同士なのだから変な紳士面はやめて卒直に戦おう、とまあそういった素直な高等学校が下から確実にできあがってきたというわけなのだ。

もちろんぼくは、こういうなんていうか、いわば現実を直視するスタイルに一種の美しさがあることは認める。何故って、ぼくたちが生きている限り、誰だって否応《いやおう》なしになんかの形で、この現実を直視するスタイルをとらざるを得ないにちがいないんだから。だからつまりぼくが言いたいのは、ただ、たとえば（いまになるとつくづく思うことだけれど)、あのかつてのいやったらしい日比谷をどうしようもないほどがっちり支えていたようなもの、つまりあの現実を無視したインチキ大芝居なんてものが、実はほんとうに脆《もろ》いものだったなあというようなことなんだ。つまりぼくは、ぼくの下級生たちが、たとえ学校群という福引みたいな形で入ってきたとしても、実際問題としてそんなにも極端に程度が落ちたとは思わない(それに、考えてみれば、下級生たちはむしろ気の毒なんだ)。でも問題はそんなことではないのだ。ああいうキザでいやったらしい大芝居というのは、それを続けるにはそれこそ全員が意地を張って見栄を張って無理をして大騒ぎしなければならないけれど、壊すだんになればそれこそ刃物はいらない。誰かほんの一にぎりの生徒が、この受験競争のさ中になりふりかまっていられるか、と一言口に出せばもうそれで終り、誰か一にぎりの生徒が「勉強がありますから」と平気で生徒総会を欠席すればもうそれで最後といったそんなものだったのではないだろうか。もっともこれは日比谷だけではないかもしれない。芸術にしても民主政治にしても、それからごく日常的な挨拶とかエチケットといったものも、およそこういったすべての知的フィクションは、考えてみればみんななんとなくいやったらしい芝居じみたところがあって、実はごくごく危なっかしい手品みたいなものの連続で辛うじて支えられているのかもしれない。まあいずれにしても、ぼくがここで言いたいのは、いまになってみると、あのかつての日比谷のいやったらしさ、あの受験という現実を忘れたふりをしたお芝居に全校あげて熱をあげていたみたいな光景が、時々なんていうか、妙に懐かしいようにそしていじらしいように思い出されるっていうことなのだ。もっとも、こんな感じ方をすること自体がぼくの時代錯誤を証明するのかもしれない。いまや、受験生は受験一筋に、そして次いではゲバ棒をとってすべてのインチキくさい知的フィクションを叩きつぶすというのが、ぼくたち若者をとりまく時代の方向らしいから。ぼくみたいなのは、だからこの奥さんの言うとおり、下からは学校群、上にはゲバ棒というまさにその間に「板ばさみ」になった、なんとも馬鹿げたシーラカンスなのかもしれない。

でも、それにしてもかつての日比谷高校ほど、あんなにもいやったらしくキザで、鼻持ちならぬほどカッコよく気取っていた高等学校はなかったのだよ。そしてこれだけは確かだけれど、ああいう学校はつぶすのは簡単だけれど、これをまた作ろうとしたってもう絶対に、それこそちょっとやそっとではできはしないんだよ。もちろんぼくたちを含めて、これまでのどんな日比谷の卒業生にきいてもみんな、（賭けてもいいが）あんないやったらしい高等学校はなかったと言うにちがいない。あんなにいや味でキザで鼻持ちならぬ欺瞞的学校はなかったと。誰にきいたって、日比谷が素晴しい学校だったとか世界一いい高等学校だったなんてほめはしない。何故って、絶対に、意地でもそんなことは言わない生徒をあの学校は育てていたのだから。気取っていて見栄っぱりで意地っぱりで紳士面していて受験勉強どこ吹く風で芸術などというキザなものに夢中でまわりくどい民主政治にえらく熱心で鼻持ちならぬほど礼儀正しくて馬鹿みたいに女の子に親切で、つまりどこから見てもいやったらしい生徒ばかり育てていたのだから。だからぼくだって絶対にほめやしない。ぼくだってかつての日比谷ほどいやったらしい高等学校はなかったと言うのだ。あんな学校がどうなろうと、別に世界の歴史が変るわけでもなし、まあどうってことはありません、学校群でダメになったといっても、それは考え方の問題だと思います、なんて、あくまでもかつてのいやったらしい日比谷高校生、鼻持ちならぬ日比谷高校最後の生徒らしく、気取って頑張って答えるのだ。

「それで薫さん、どこへいらっしゃるの?」

と、彼女はいよいよ最後の詰めに入ってきた。

「京大?」

「いいえ。」

「一橋?」

「いいえ。」

「まさか、東工大じゃないでしょう?」

「ええ。」

「じゃあ、どこ?」

ぼくはちょっと考えたけれど、なんとなくもう意気沮喪《いきそそう》していて、ごまかす気もしなかった。ぼくは言った。

「もう大学はやめたんです。」

すると彼女は、いとも嬉しそうな顔をして言ったものだ。

「あら、やっぱり!　そうよねえ。やっぱり東大でなくちゃねえ。」

「いいえ、そういうことではありません。」とぼくは一応言ったが、彼女はもう全く意に介さなかった。

「さあ、来年はほんとに大変だわあ。うちの子も頑張らなくちゃ。薫さん、お手柔らかにね。ウフフフフ。」

そして彼女は時計を眺め、まるでわざとみたいにとびあがって、あらお昼すぎだわ、いけない、ごめんなさい?　と言って、やっとぼくを釈放してくれた。彼女がぼくのゴム長姿の釈明を要求しなかったのはまあ拾いものだったけれど、それにしてもまさにもうだいぶお昼すぎにちがいなく、気がついたらぼくはもう死にそうにおなかがすいていた。無理もない、今朝はあのものすごい競輪やらなにやら、ずいぶんなんだかんだといろいろあったのだから。ところがうちの門が見えるところまでやっと帰ってきたところで、ぼくはまたさらにうんざりすることを思い出した。門の横には、こっちがてれくさくなるほどよく磨かれた真赤なコロナがとまっていた。これは母の友達の、なんていうかすごく縁結びの好きな本多さんという奥さんの車で、要するに(忘れていたけれど)きょうは、うちでまた誰かと誰かのお見合いがあるというわけなのだ。ぼくはやっとお昼だというのに、それこそ一日中ゴム長でブカブカ歩いたみたいにぐったり疲れたような気がしたものだ。

7

ぼくは音のしないようにドアを開けて玄関に入り、そろりそろりと(もっともどっちみちそろりそろりとやるほかなかったけれど）ゴム長を脱いで、忍び足で二階の自分の部屋に入った。別に逃げ隠れするわけじゃないが、と言いたいところだが、実際問題としてこれは明らかに逃げ隠れしたのだからどうしようもなかった。ぼくはどっちかというと（というよりどうも確実に）人間が好きで、ふだんはどんないやなやつでも避けて通ったりしないし、ましてや気のいいＰＴＡ的奥さんの五人や十人びくともしないはずなのだが、それにしてもたまには（変な言い方だけれど）ＴＰＯみたいなものはあるんだ。それに、ただまた「薫さん、大変だったでしょう」が困るだけじゃあない。なんていうのだろう。つまりこの縁結びの好きな本多夫人につかまると、ぼくはたとえば自分が彼女のお見合いリストの中で、例の悪名高い「一中一高東大」の一番無難な未来の花婿候補として登録されているといった、まあそんなことやなんかを感じるのだ。もっともふだんはそんなこと別にどうって気にかけやしない。それどころか、（もう言うまでもないかもしれないが）ぼくは普通は結構うまく気のいい彼女のお相手をつとめることもできるのだ。つまり、ほら薫さん薫さん、きれいなお嬢さんがいっぱいいるわよ。ほらちょっと見てごらんなさい（写真のことだ）、薫さんはどのひとが好き？　え？　このひと？　面長なひとが好きなのね。え？　こっちも？　あら丸顔？　あらやあね、どっちがいいの？　どっちも好き？　まあ、なんでしょう、困るわね、男のひとってのは、すぐそうやって浮気する。え？　このひと？　どうして？　髪の毛が長いから？　どうして髪の毛が長いのがいいの？　さわりたくなる？　ほんと？　そうなんでしょうねえ、男のひとってのは。あらやなひとね、薫さんは……なんてまあざっとそんな具合に調子を合せたりして。でも、どうしてもそれがうまくはいかないと感じる時がある。相手や状況そのものをいろいろな角度から柔らかくときほぐすように考え、おしよせるいなごの大群を笑顔で迎えてやりすごすのが、すごくわずらわしいと感じてしまうそんな時が。

ぼくはストーブをつけ、ジャンパーを脱いで、ベッドにドサリと仰向けにひっくり返って目を閉じた。ぼくには、またあの女医さんの柔らかく息づく乳房が握りしめてくれといわんばかりに揺れているのが見えた。ぼくの腰には、激しい興奮の名残りがまだ重苦しくうっとうしく沈んでいた。そして、もちろん左足は手当をしたといっても変に落着かない漠然とした痛みがあるし、その上なんてことだろう、ぼくはますますおなかがすいてきて、どうしようもなくなってきていたのだ(机の上の時計を見たらもう一時なのだ)。これは、なんとも言いようもないほど喜劇的というか滑稽なところがあるように思えた。こんなにパッとしない状況でも、ぼくのとびきり健康な胃袋はなお陽気に空腹を訴えているというわけなのだ。もちろんぼくはすぐ下におりていって、(恐らくは本多夫人も一緒の)食卓について、ほんとに若い人の食欲って見てて気持のいいものね、なんて言われながら陽気な食欲を充《みた》すことはできた。でも何故かしたくなかった。仲間同士けんかしそうになったらすぐ食事しろなどと言うけれど、ぼくはいまこの自分自身という仲間と仲直りしたくないような気分だったのだ。これはぼくにとって相当険悪な徴候だった。

ぼくはなんとなくミダス王の物語なんかを思い出していた。彼が手で触れるものはみんな金になってしまったのだが、ぼくがさわるものは、みんな現代のイキのいい若者らしさから外れたなんともサエないつまらない金となる。ぼくが一生懸命自分なりの感じ方考え方をしようとすればするほど、それは大袈裟に言えば現代日本の若者から総スカンを食うようないやったらしいものになる。たとえばまずお見合いにしてもそうだ。ぼくは正直に言って、どうしてもこれを純粋な若者らしく颯爽と拒否することができない。もちろんぼくだって若いのだから(あーあ、そもそもこんなことをわざわざ断わらなきゃならないのがたまらない)、なんてったって本心では猛烈な恋愛至上主義者で『椿姫』で、それこそ身も心も焼くような灼熱《しゃくねつ》の大恋愛をしたいと思う。ただどういうのだろう。それがいったん他人のこととなると、たとえば、とにかくこの地球上には四十億近い人間がいて、つまり原則として二十億近い男女の組合せができなければならないとすれば、それにみんな灼熱の大恋愛を要求し、そしてそれができないのは人間失格みたいに言うのはどうかな、なんて思ってしまう。そしてこの本多夫人みたいに、自分は大して得もしないのに(大体損をするのじゃないだろうか)、せっせとお見合いをさせてみんなにいわばチャンスを与えようというのは、そう頭から非難できないのじゃあるまいか、などと考えるわけなのだ。それにぼくは、あまり関係もないぼくのうちがよくお見合いの場所に使われ、そして母がそれを楽しんでいることについても、一部の芸術派が察してくれるような「堪へ難キヲ堪へ忍ビ難キヲ忍」んでいるといったいじらしい心境ではない。ぼくのうちは、一番上の三十いくつかの兄貴を頭に大体二つおきに男・男・女・女と四人きょうだいがいて、それからずっと遅れてポツンとぼくがいるわけだ。つまりわが家には、かつてかなり騒々しい青春期みたいなものがあって、それが一昨年の下の姉の結婚を最後にポカッと終ったような形になってしまったと言ってもいい。そしてもちろんぼくはまだまだってわけだから、母なんか絵を描いたり写生旅行に行ったりいろいろやっていても、やはり手持ちぶさたというか少し淋しいのだろう、などと思ってしまう。それに幸か不幸かうちの母は(ぼくは時々彼女のためにえらく頭に来るのだが)、みんなが日比谷高校生の母親というとすぐ想像するようないわゆる教育ママじゃ全くないし、それに敢《あ》えて言うならその必要もないのだから。

　つまり、ぼくはどういうわけか時々なんとなくうしろめたいように思うのだけれど、ほんとうに全くおかしくなるほど手がかからないのだ。つまりうちでは、おやじの方もいま六十歳ぐらいの男によくあるような大正リベラリストとでも言うのか、実際には「独占資本の搾取《さくしゅ》メカニズム」である経済成長をせっせと助ける役割を果しながら、選挙となると（兄貴の観測によれば）こっそり共産党に投票してくるといったタイプで、だからもちろん子供に言うことも「したいようにしなさい。ただよく考えろよ」なんてカッコいいことだけだ。そして母の方は、これに比べればはるかに教育的発言（？）は多いわけだが、それにしても言うことといったら二つきりない。「薫さん、自分のことは自分でしなさい」っていうのと、「薫さん、ひとに迷惑かけちゃだめよ」。そして要するにぼくの場合は、これだけですむようなところがあるのだ。もっとも兄貴の解釈によると、この「自分のことは自分でしなさい」と、特に「ひとに迷惑かけちゃだめよ」という母の決まり文句は、実は戦後民主主義の最も頑固な信奉者たるおふくろの「民主主義に対する可愛らしい錯覚」であって、わがおふくろこそは実は戦後民主主義教育における典型的な「教育ママ」だなんてことになる。そしてぼくも、まあそう言われればほんとうにそうだというような気もする。つまり兄貴の言う意味に民主主義は（彼は母を皮肉ったりしているのじゃないのだ、分ると思うけれど）、民主主義には「ひとに迷惑かけちゃだめよ」の上に、さらにどういうか、たとえば例の兄貴のぼく向け口語表現で言えば「みんなを幸福にするにはどうすればよいか」とでもいったことが必要だということなのだろう。でも正直に言ってぼくは、小学校から高等学校まで全部公立で（うちは男はみんなそうなんだ）、つまり典型的な六三三制戦後民主主義教育で育ったわけだし、それに自分でもいろいろと考えて来たわけだけれど、でも結局のところ、ごく普通の言葉でそれも日常的な感じでこの民主主義を考えると、どうもこの「おふくろ的錯覚」をあまり出られないような気がしてくるわけなんだ。つまり、少なくともいまのぼくみたいにその「みんなを幸福にするにはどうすればよいか」が、このぼく自身の考えとしてはっきりと分らないうちは、少なくともぼく自身は「ひとに迷惑かけちゃだめよ」で精一杯やっていく他ないのじゃないか、「自分のことは自分で」やって、などと思ってしまうのだ。そしてその結果ぼくはなんとも実につまらない若者になる。

例の悪名高いくだらない受験勉強にしてもそうなのだ。つまりぼくだって（ああまた、ぼくだって、だ）受験勉強というのは実にくだらないと思う。例なんてあげ出したらきりがないけれど、たとえば『徒然草』なんてのがあって、その冒頭は例の「つれづれなるままに、日ぐらし硯《すずり》に向ひて、心にうつりゆくよしなし事を、そこはかとなく書きつくれば、あやしうこそものぐるほしけれ」だが、これが受験勉強ではこうなるわけだ。「ひまで手持ちぶさたであるのにまかせて、一日中硯にむかって、心にうかんでは消えていくこれといってとりとめもないことを、なんということもなしに書きつけていくと、自分でもわけがわからないようにきちがいじみて感じられることだなあ。」ほんとにそうだなあ。つまりこれはどういうのかな。つまり、とにかくまあそういったようなもののわけなんだけれど、これが短歌なんかになると当然もう涙なしには（笑いすぎてでもいいよ）すまない。たとえば、ちょうどいまが真冬のせいか、ぼくのとても好きな歌に「岩激《ばし》る垂水《たるみ》の上のさわらびのもえいづる春になりにけるかも」というのがあるけれど、これがこんな具合だ。「ほとばしり落ちる小さな滝（または摂津国豊能郡豊津村字垂水＝岩激るは垂水にかかる枕詞《まくらことば》）の上（またはほとり）の若いわらびが、芽をもえだす春になったことだなあ。」まあ確かにそのとおりだし、まあどうでもいいようにも思うけれど、やっぱりこれはちょっと相当にくだらないのじゃないかと思う。つまりこの調子でやっていくと、（言うまでもないが）『徒然草』でも『万葉集』でも、なにかみんな落語とかものはづけでもやっているような感じになっちゃうわけだ。そしてかの悪評さくさくたる丸暗記の典型、歴史の年代となると、「逃げなさい、とても勝てない、ああそうか」「意地悪い、やつだよ一度、ぶってやれ」「しかしまあ、これが孫かえ、サルのよう」「ハーちゃんを、だました王は、もうきらい」……。これはそれぞれアショカ王即位（B.C.273）、前漢武帝即位（B.C.141）、カエサル暗殺（B.C.44）、王莽《おうもう》の簒奪《さんだつ》（A.D.8）というわけだけれど、これにもいろいろな流派があって、たとえばフランス革命にしても「火縄くすぶるバスチーユ」「非難爆発バスチーユ」みたいな簡単なのから「火を投げて、焼こうなどとは、書くめえぞ」なんて凝ったのまである。ぼくの使っているのは、上の兄貴以来家伝みたいな「サーサしっかりアレキさん」（アレクサンダー東征開始　B.C.334）「前漢武帝は前いれ歯」（武帝楽浪等四郡を置く　B.C.108）だが、まあいずれにしたって受験勉強ってのには、確かにちょっとどうしようもなく喜劇的というか悲劇的なところがあるのは一点の疑いもないところなんだ。ただぼくがそういう悲喜劇のさ中で考えるのは、なんていうか、歴史の年代にしてもどうせ一度は覚えなければならないとすれば、前に言った「どっちがいい」じゃないけれど、さっさとすましちゃえというようなこと、つまりそれがくだらなければくだらないほど、かえって愚痴を言うのは恥ずかしいというか、ガタガタ言うまえにやっつけちゃえ、とでもいったことなのだ。それに『徒然草』とか『万葉集』の場合には、ひどい落語的おマケはついてはいるが、実際に読む『徒然草』そのもの『万葉集』そのものは猛烈面白いじゃないか、なんて言いきかせて。そして、でもかくしてぼくは、全国の悩める受験生の風上にもおけない裏切者になる。このくだらない受験勉強、この非人間的受験競争を生んだ社会体制に反抗もしなければ悩みも見せない呆《あき》れた若者になる。しかもぼくはいま、大学へ行かない決心をしたいまになっては、かえってこの受験勉強をさっさとすましたことに感謝したりしているほどなのだから、もういけない。

それからよく思うのだが、ぼくにおいては友達とか友情などというのもなんとなくサマにならないところがある。ぼくには、さっきのぼくを「オトコにしてやりたい」やつとか、例の芸術派の一部とか（彼らのことをぼくは何度か持ち出して、事実彼らにちょっと含むところもあるわけだけれど、それは実は彼らを相当に尊敬してるってことでもあるし、また逆に彼らがぼくをしょっ中つかまえてああだこうだと言うのはむしろ仲がいい証拠だと思っているんだ）相当に変った友達もいるけれど、ごく普通の、つまりぼくとよく似ている友達とは、ほんとうにおかしいほどサマにならないつきあい方をしている。つまり親友とか友情とかいうと、すぐよくテレビの青春ものなんかに出てくる、なんていうか、すぐ肩を叩き合ったり大声ではげまし合ったり一緒にお風呂に入ったりするようなのがあるけれど、ぼくたちの場合はどうもそうカッコよくいかない。つまり日比谷には、ぼくと恐らくよく似た考え方感じ方をしていると思われるのが多いのだけれど、ぼくにも、これは恐らく一生のつきあいになるなと感じられる連中が数人いる。ところがこういう連中とは、なんとなくお互いに気まずいというかテレてしまうというか、一緒になってもお互いにあまり大して話もできないようなところがある。つまり、お天気の話のようなごく当りさわりのないみたいな話をなんとなくモソモソやったり、逆に冗談ばかり言ったりしているような、はたから見たら恐らくなんとも表面的というかよそよそしいみたいなつきあい方になってしまう。まあぼくに言わせれば、これはぼくたちがまだ未熟で、お互いに全力をあげて話し合ったり助け合ったりするような、ほんとうの友情にふさわしい問題にぶつかっていないからとも思えるのだが、それにしてもいわゆる卒直で若々しい情熱的な友情といったものとはどうしても言えないのは事実なのだ。

だから、さっきぼくは、この地球上には灼熱の大恋愛ができない連中もいるみたいなことを他人事のように言ったけれど、実はそれは誰よりもこのぼく自身なのかもしれない。女の子をなかなかモノにできないふがいない事情については前にも話したけれど、それは事情なんてものより、そもそもこのぼくのいわば「ミダス王」的考え方感じ方そのものによるのかもしれないのだ。つまり（またすごく説明しにくいのだけれど）、たとえば百人一首に「忍ぶれど色に出でにけりわが恋は物や思ふと人の問ふまで」とか「恋すてふわが名はまだき立ちにけり人知れずこそ思ひそめしか」なんてのがある。これはなんていうか、ひとをホッとさせるような素直ないい歌だと思うのだけれど、ただぼくとしては、たとえばそういう「色に出でにけり」とか「わが名はまだき立」っちゃったなんてのは、やはり平兼盛《たいらのかねもり》にしろ壬生忠見《みぶのただみ》にしろ、ちょっと偉そうな名前の割には軽率というか男として不覚なんじゃないか、なんて気がちょっとしてしまう。つまり、もしほんとうに忍んだら色に出してはいけないし、ほんとうに人知れず思いそめたら「恋すてふ」なんて羽目になるのはまずいんじゃあるまいか。たとえばぼくは時々考えるのだが、もしぼくが用心棒の道を踏み外してあの由美のやつに惚れたりしたとして、そしてもしそんな「恋すてふ」なんてことになったら、わが身の不覚というかあいつに面目ないというか、とにかく切腹ものだ、みたいな気がどこかでしているように思う。誰かに「おまえ彼女が好きなんだろう?」なんて一言でも問われたら、もうその日のうちに三度笠で旅に出るぞ、みたいな気が。ところが、これだけならまだいいのだ。「恋すてふ」でただちに切腹したり旅に出たりできれば、それはまだ或る意味で猛烈な情熱的行動とも考えられるから。ぼくが困るのは、実際問題としてぼくは、いざそういう羽目になっても切腹したり旅に出たりできないだろうと感じるところにあるのだ。何故かというと（これがまたすごく説明しにくいんだけれど）、たとえば同じ百人一首で言うと、あいつは「玉の緒よ」っていうのが好きなのだ。「玉の緒よ絶えなば絶えねながらへば忍ぶることの弱りもぞする」。これは彼女がそう言ったわけじゃないけれど、でも分るのだ、ちょうどあいつがドンを全然かまわなくてもすごくドンが好きだったことが分るように（そしてこの調子でぼくは、あいつの好きな花とか食べ物とか本とか、それから嫌いなものもみんななんとなく分るんだ）。そして、つまりぼくが困るのは（この歌の意味だけでいうとぼくがうぬぼれているように見えたりするかもしれないけれど、そうじゃなくて）、彼女はなにごとにおいてもこの「玉の緒よ」といったようなところがある女の子だってことなんだ。つまり、あいつが「舌かんで死んじゃいたい」なんて口に出して脅かす時はまだいいので、ぼくがほんとうに困るのは、あいつはなんにも言わなくても、それどころか嬉しそうにはしゃいでいる時でも、なんとなくこの「玉の緒よ」って感じがするということ、少なくともぼくはそう感じてしまうっていうところにあるのだ。つまり、もう最初でバレているかもしれないけれど、ぼくはあいつを相手にすると、なんとなく気がかりで、いつもどうもスレスレのところでだらしがなくなる。つまりぼくは（あいつを強姦しちゃうなんて情熱的行動に出られないのは言うまでもないが）、いまでも相当理不尽な絶交をされてもなんとなく遠巻きにハラハラしているようなところがあるし、だからいざとなっても結局切腹どころか旅にも出られなくて、オメオメと男の生き恥をさらすんじゃないかというような気がしてしまうのだ。だから、この意味からもぼくは、どうしても「ものや思ふと人」に問われたり「恋すてふ」名が立ったりするわけにはいかない。これは、みんなまた確実に笑うと思うけれど、ほんとうに何度考えてもそうなっちゃうのだ（もっともこんなぼくの考え方ってのは、そもそもがなんとも珍妙で馬鹿げているから、分ってもらうこと自体が無理かもしれない）。つまり、要するにぼくは、どう転んだって灼熱の大恋愛なんてのはそもそもできない若者なのかもしれない。だから、いっそのことさっさと本多夫人に頼んで、なんでもいいから髪の毛の一番長い女の子なんかとお見合いして、さっさとマイホームでも作るのが似合いなのかもしれないよ。あーあ（ああ、でもそうしたら、その髪の毛の長い女の子を侮辱することになるのかもしれないなあ。あーあ、ほんとにどうすりゃいいんだろう……）。

ぼくはそれからふと思い出して起きあがり、机の抽出《ひきだ》しをあけてなかをかきまわした。確かどこかに古いチョコレートかなんか入っていたような気がしたのだ。そしてぼくは、古い消しゴムやクリップや三角定規なんかの間に、銀紙に包まれた小さな薄いマッチ箱ほどの食べかけのチョコレートを見つけた。ぼくは机に向ってまっすぐに腰かけ、慎重に銀紙をむいて、そのつやのなくなったチョコレートを口に入れた。なんともおかしな味だったけれど、またなんともおいしかった。ぼくはふと去年の夏、チョコレートのおかげで奇蹟的生還をした女性登山者の話かなんかを思い出した。ぼくはなんと自分の部屋のまん中で遭難しているってわけだ。それからぼくは、昔この部屋にいたことのある二人の兄貴のことを考えた。彼らも恐らくこんな具合に遭難したことがきっとあるのだろう。なんとなくうんざりして、あれこれみんな馬鹿ばかしくなって。

そして兄貴たちと言えば、ぼくは彼らに関して時々いろんなことを考えるのだ。たとえば、ぼくはサルトルの『一指導者の幼年時代』という本をすごく面白く読んだことがあるのだけれど、ぼくとぼくの友達たち、そして十年ちょっとはなれた兄貴とその友達たちをつないで考えると、それこそ無数の「幼年時代」、いわば『いやったらしいエリートたちの幼年時代』ができるような気がしてしまう。そしてその場合、こまかい内容はもちろん顔がちがうようにみんなちがうだろうけれど、大きく分ければ三つのタイプになるように思うのだ。第一は「ゴマすり型」とでもいうやつで、つまり、優等生だ、秀才だ、エリートだという非難（卒直に言っていまの日本では、こういった言葉には必ず非難がこめられているのじゃなかろうか）に対して、オレはそうじゃない、オレはこんなに馬鹿です、間抜けです、欠点だらけです、愛すべき男ですとふれまわるようなやり口だ。つまり、他人に対して頭が切れそうに見えたりしないように万全の努力をし、やがてはどじょうすくいとか裸踊りを身につけ、高歌放吟を覚え、「人間的まるみが出てきた」とか「話せるやつ」とか言われるのを楽しみとし、「あいつはあれでも昔は秀才だったんだ」なんて言われるのを最高の目的とするようなコースだ。ぼくは、新内閣ができた時の新聞の「新大臣紹介」なんかをすごく興味を持って読むのだけれど、どうも政治家になるにはこのコースをとることがほぼ絶対に有利なんじゃないかという気がする。「栄ちゃんと呼ばれたい」ってのはつまり本音だと思うわけだ。もちろん政治家だけじゃない。ビジネスエリートにしてもなんにしても、要するに多くの人たちとウマくやっていくためには、自分の欠点とかくだらなさを免罪符のようにアッピールしていくのが、恐らく一番楽で効果的な方法なのじゃないだろうか。第二は「居直り型」とでもいうやつで、つまり、みんなの非難に対し、そうさ、オレはどうせ秀才だ、エリートだ、それがどうしたってな具合に開き直ってしまうやり方だ。誰だってそうだと思うけれど、こうやっていったん居直ってしまえば、これは相当に強い。つまり、そうさどうせオレは右翼だ（左翼だ）、どうせオレは保守反動だ（ラディカルだ）、どうせオレは貧乏人だ、金持だ、田舎者だ、ノンポリだ、青二才だ、バカだ、マヌケだ……。つまりなんだって開き直ればそれなりになんとかなるもので、特に実力のある秀才やエリートが居直った場合には、大体これに対する非難というのはもともとすこぶる感情的というか、漠然としたいや味みたいなものが強いのだから、実際問題としてなんとなく怖いような対外効果（？）を持つのじゃないだろうか。いつかマキァベルリの『君主論』で「愛されるか怖《おそ》れられるか」という話を読んだけれど、これはぼくがいま言った二つのタイプのことかもしれない。そして三番目に、なんていうのか「亡命型」というか趣味型というかそんなのがある。つまりやらなきゃならないことだけさっさとすまして、あとの能力を音楽や美術みたいな芸術鑑賞を初め、碁だとか釣りだとか骨董《こっとう》だとか庭いじりだとか女の子（？）だとかいった趣味に猛烈凝ることに使うタイプだ。もともと優秀な人がやるわけだから、この場合には専門家はだしというか相当なディレッタントが誕生するわけで、これはちょっとかなりカッコいい生き方になったりするけれど、うっかりすると馬鹿げたフェティシズムみたいな感じにもなる。そしてもちろんこの三つの型はそれほど相反するものばかりじゃなくて、実際問題としてはみんな三つを使い分けるというか、それぞれミックスさせているのではあるまいか。

ところで、ではぼくがこの三つのコースについてどう考えるかというと、(もう書き方で分ったと思うけれど) はっきり言ってどうも三つとも気に入らないのだ。しかも、こんなことをかなり詳しく観察していることからも分るように、ぼくはぼく自身がしょっ中この三つのコースにフラフラ迷いこみそうになってはスレスレで頑張るみたいな生活をやっているようにも思う。つまり前に言った「ケーコートーね」なんて言う女の子とつきあったり、ゴーゴー・パーティで「日比谷高校?」なんて言われないようゴマかしたりしてる時、ぼくは明らかに自分が「ゴマすり型」に傾斜しているような気がするし、また、みんなにやることなすこと「お行儀のいい優等生」なんてやられるとつい居直りたくもなるし、そうしてうんざりしたあげく、いっそのこと「亡命型」になってどこかの女学校のテニスのコーチを片手間にやるとか、中村紘子さんみたいな若くて素敵な女の先生について (いまの先生はいいけれどおじいさんなんだ) 優雅にショパンなど弾きながら暮そうかなんて思ったりもするわけだ。でも、どうしてもそうはなれないというか、そうなってはいけない、そうなってはおしまいだ、と感じるような何かがぼくのなかにある。つまりぼくが、もしぼく自身を、そして前にも言ったような意味でのぼくの知性を、どこまでも自分だけで自由にしなやかに素直に育てていきたいと思うなら、ぼくは裸踊りでゴマすってはいけないし、居直るなんて論外だし、ましてや亡命するなんてのは絶対にいけないのではないか。ゴマをすらず居直らず逃げ出さず……でもそんなことを実際にどうやって続ければいいのだろう。それに実際問題としてそんなことができるのだろうか？　そして何よりもぼくが自分をスレスレのところにいると感じるのは、たとえそんな綱渡りみたいな第四のコースを選ぶとしても、それにそもそもどんな意味があるのかと考え出す時なのだ。そしていまは、どうやらその時なのではあるまいか。いろいろついていないし、うんざりすることばかりだし、ほんとうにぼくは何をやっているのだろう？

そしてぼくは突然立ちあがって部屋を出た。なんとなく下の兄貴に電話したくなったのだ。ぼくは時々なんとなく彼のところに行く。別にうんざりした時ばかりではなく、好奇心みたいなものもあって。つまりぼくは、彼と彼のところへいつもガサガサ集まっている彼の友達たちが（それこそ役人から新聞記者から学生・サラリーマン・判事・弁護士といろんなのがいるのだが）何をやっているのかはよく分らないのだが、もしかしたら、もしかしたらみんな、このぼく流に言えば第四の綱渡りみたいなことを試みているんじゃないか、というような気もちょっとしているのだ。

ぼくは居間に入っていき、そして電話を客間に置きっ放しにしたことを思い出した（うちの電話は差しこみ式なんだ）。ぼくは台所をのぞき、ヨッちゃんを見つけて電話を持ってきてくれるように言った。ぼくがいるってのは内緒だよ、と言って。それから彼女がクスクス笑いながら出ていったあと、台所のテーブルの上に用意されているお茶菓子なんかを見つけ、まず食べいいクッキーをムシャムシャ大急ぎでつまみ食いした。でも、電話をブラ下げて戻ってきたヨッちゃんが、またおどけた顔をして、お食事まだだったんですか？　ときいた時には、食べたよ外で、と答えた。なんとなくまた、彼女と一緒にふき出してホームドラマをやるのが、わずらわしいような気がしたのだ。それからぼくは電話を居間に移して、兄貴の番号を回した。だがいくら呼んでも彼は出なかった。ほんとに何から何までついていないのだ。そしてぼくは、かっきり二十回呼出しベルを聞いてから受話器をおろした。おろしたとたんに電話が鳴った。

「もしもし、庄司さんのお宅でしょうか。」

「はい、そうです。」

「なんだ、おまえか、おれだ。」と、小林が柔らかで静かな声で言った。「どうしてる？　あいてるか？」

「うん。」

「これから行くからな。すぐ行くから待ってろよ。じゃあな。」

小林は例の芸術派のいわば総帥《そうすい》みたいなやつで、猛烈優秀で、当然ぼくに一番よくからんでくるやつで、しかもうちが自転車で十五分ぐらいのところのせいか、しょっ中うちへ来るのだ。ぼくは場合が場合だけになんとなくうんざりし、でも同時にほっとしたような気もした。とにかくあいつはいつも自信満々で威勢がいいから、つられてこっちまで元気になるかもしれない、とぼくは受話器をおろしながらぼんやりと考えたものだ。

8

小林はほんとうにすぐ、それも大急ぎで来たらしく、まさに十五分そこそこで、額の汗をふきながらうちの玄関に入ってきた。彼は、白いトックリセーターの上に羽織った黒い粋なダブルのハーフコートをさっと脱いで小脇に抱え、少し小柄だが見るからに潑剌《はつらつ》とした知性を感じさせるしなやかで敏捷《びんしょう》なからだを躍らせるようにして、先に立ってさっさと階段を登っていった。そしてぼくが足をひきひきあとから部屋に入っていくと、ぼくの左足の包帯をにらむようにしながら、立ったまま柔らかなしかしきっぱりした調子で言った。

「いいか、おれは最初にはっきり言っておくけれど、きょうはまず第一におまえにわびを入れにきた。第二におれはきょう徹底的に泣きごとを並べる。第三に、もしおまえが、おれのプライドなんぞに気を配って、おれと同じだけ泣きごとを並べてみせなければおれに悪いなんて思うなら、それは要らざる心配だ。」

彼はそう言うと、脇に抱えたコートをポンとベッドの足の方へ投げ、ベッドの頭の方から枕をひっぱり出し、二つに折るようにして背板にもたせかけ（いつも彼はこうやるのだ）、そしてベッドの上に仰向けにのびた。ぼくもいつものように椅子を回して腰をかけ、机の袖の一番下の抽出しをひき出してその上にクッションをかぶせ足をのばしてのっけた。

「わびっていうのは他でもない。おとといの芝居のことだ。」と彼は天井を眺めながら言った。「あれはおまえが言ったとおり、確かに足を引っぱる根性下劣な芝居だと思う。シェイクスピア・ファンの宝塚的憤慨なんて言ったのはおれのいわばいきおいで勇み足で、つまりは完全な間違いだったとおれは認めるよ。だから、忘れないうち言っとくけど、きょうは帰りにあのおまえの言ってたブレヒトの外套《がいとう》を借りていく。」

ぼくはちょっとあっけにとられて彼の横顔を眺めていた。ぼくたちはおとといの晩、一緒に『ローゼンクランツとギルデンスターンは死んだ！』というお芝居を見に行ったのだ。そのお芝居は（知っている人も多いと思うけれど）、例の『ハムレット』の中に出てくる「ハムレットのかつての学友」で、結局何も知らぬままハムレットを殺せという王の国書を携えて英国に渡り、そして（手紙をすりかえられて）身代りみたいに殺されてしまう二人の男を主人公にしたものだ。つまり、その思索や行動がすべて国家的重大事や壮大な英雄的悲劇につながる王子ハムレットの物語に巻きこまれ、そういった大問題をよく分りもしないまま歯車のように空しく動きそして死んでしまう「端役《はやく》」の悲劇を描いたもので、そのこと自体は問題ないのだ。つまりシェイクスピアのすごさというのは、『ハムレット』を見ると、どうしても「おふえりあ遺文」とか「ポローニアスの日記」を初め、ホレーショからレアーチーズから墓掘り人足に至るまでみんな手記でも書いてみたくなるところにあるのだから。問題は表現なのだ。ぼくたちが見た芝居では、まず第一に主役のローゼンクランツとギルデンスターンを演じる役者と、ハムレットやオフィーリアを演じる役者が文字どおり役者がちがっていた。しかも二人の主人公は実に丹念に一生懸命演じられるのに対し、ハムレットとオフィーリアときたらわざとらしく大袈裟に荒唐無稽《こうとうむけい》な人物として演じられるのだ。

つまり、ハムレットやオフィーリアが、主人公であるローゼンクランツとギルデンスターンの前に登場する場面は、台詞《せりふ》から言えばほとんど原作そのままなのだが、なにしろ格の下の役者がそれもわざと実に下手にふざけて演じるのだからたまらない。一見してハムレットは「生か死か」もなにもあったもんじゃない三下奴《さんしたやっこ》の道化で、オフィーリアだって見るからに蓮っ葉《はすっぱ》な馬鹿娘で、とんだりはねたりドタバタやっちゃうのだ。そしてもちろん観客たちは、ハムレットとオフィーリアが出てくるたびにゲラゲラ笑って拍手したりする（だってそうせざるを得ないように、これでもかこれでもかとやってみせるんだ）。そしてぼくはとうとう頭にきて、これはシェイクスピアの足をひっぱって自分を売りこもうとする卑《いや》しい芝居だ、すべて優れたものの足をひっぱって喜びたがる人間心理におもねった根性下劣な芝居だなんて口走って（ぼくは自分のことは相当頑張れるんだけれど、好きなシェイクスピアやオフィーリアやなんかがやられるとつい踏んばりがきかなくなるところがあるんだ）、そして小林はそれを、例のシェイクスピア好きの「古典派」の宝塚少女歌劇ファン的憤慨だとかなんとか言ったわけなのだ。そしてブレヒトの「外套」ってのは、その時ぼくがふと思い出して話したことなのだが、これはほんとうは『異端者の外套』という題のブレヒトの素敵な短編で、例の宗教裁判で火あぶりになったジョルダーノ・ブルーノに関した話なんだ。つまりブルーノは、異端者として逮捕される直前に仕立屋に外套を注文するのだが、代金を払わぬうちに捕まってしまう（外套は彼の債権者みたいな裏切者の手に届けられて、彼の手には渡らない）。そしてブルーノはそれから連日、神・宇宙・人間といった大問題をめぐる壮絶な異端審問をうけるわけだが、仕立屋のおかみさんはそういうブルーノを追いかけまわしてあくまでも仕立代を請求する。そしてブレヒトは、この神とか宇宙とかいった大問題を分らぬまま仕立代請求に奔走するおかみさんをヒロインにして、彼女を実に深い愛情をこめて描いているのだが、その一方で、厳しい異端審問にフラフラになりつつもそのおかみさんのために精一杯手をつくすブルーノの姿を、それこそ溢れるばかりのやさしさをこめて書いているのだ。ほんとうに素晴しい短編なんだ。ところが『ローゼンクランツとギルデンスターンは死んだ！』は、この二人の「端役」の悲劇を強調するために、ハムレットとオフィーリアを極端に矮《わい》小化《しょうか》し馬鹿げきった道化にしてしまう。そして観客の野卑な笑いを誘っておいてそのすきに、どうです、こんな二人に比べてわれらがローゼンクランツとギルデンスターンは？　と差し出す。これはどう見たって品性下劣だ、闇討ち根性だ。つまり（こんなことを話しているときりがないからやめるけれど）ぼくが思うのは、せめてこういう場合、ハムレットやオフィーリアにはしかるべき役者を立てて本来の演技をさせるのが作品そのもののためでもあるし、そういうパロディの最低のエチケットでもあるのじゃないか、ということなのだ。もっとも考えてみれば、シェイクスピアはこんなことぐらいじゃビクともしないんだから、やはりぼくの憤慨ははしたない少女ファン的なものだったのかもしれないとあとでは思ったのだけれど。それから念のため断わっておくけれど、ぼくが軽蔑するのは作者（あるいは演出家かもしれない）であって、たとえばあの惨《みじ》めなハムレットやオフィーリアを演じた役者ではない。彼らはそれこそ或る意味でローゼンクランツとギルデンスターンそのものみたいな立場だったのかもしれないから。

「おれがいきおいだ勇み足だと言ったのはな、実はおれはもうかなり前から、おんなじようなことをいろいろ感じていたからなんだ。」と、小林は天井を見つめたままゆっくりと言った。「つまりこれからが、おれの史上最大の泣きごとってわけだが、いいか、なんにも言わずにそっぽ向いて聞けよ。」

彼はそしてまたしばらく天井を眺めていたが、そこへお手伝いのヨッちゃんが入ってきてわきのテーブルの上にお茶とお菓子鉢を置くと、クルリと起きあがった。そしてお菓子鉢の上に盛られた桜餅を一つつまんで葉っぱをむいてちょっと香りをかぎ、それからぺろりと口に入れた。

「うまい、これは。」そして彼はまた一つ手にとって、葉っぱをむいて口に入れた。「ひとのうちへ来ると、どうしてうまいのかな、こういうものは。」と彼は大真面目に言い、それから独り言みたいに続けた。「なんて、こういうことをしみじみと思ったりするのは、おれがダメになってるからだろうな。」

ほんとうに彼は、いつもはもっと威勢がいいというか、しゃべり方そのものはすごく柔らかく静かなのだが、とにかく頭がいいこともあってなんとなく抜き身の刀がキラキラ輝いているようなところがあるのだ。ところがきょうはなんとなく調子がちがっていた。しかもそれに彼自身が気づきながら、しかも隠そうとしないのはすごく気になることだった。彼はそれからお茶を一口すすり、また一つ桜餅をとってベッドにのびた。ぼくはお茶を手にとってすすりながら、彼の食べっぷりを若干「食い物のうらみ」的感慨をこめて（ぼくは言うまでもないけれどすごくおなかがすいていたのだ）眺めていた。なんとなく、お菓子鉢の中のあと五つほど残っている桜餅をみんな彼が食べそうな気がして、しかもぼくはなんとなく手を出しにくいような感じがしてしまったのだ。彼は三つ目の葉っぱをゆっくりと葉脈の数でも数えているようにむきながら鼻唄をはじめたが、ぼくはしばらくしてそれが『ブルーライト・ヨコハマ』だということが分った。彼は二度目の「ブルーライト・ヨコハマー」をやってから、鼻唄をやめて口を開いた。

「こういう歌ってのも確かにいいよな。いしだあゆみだって、ピンキラだって、いいっていやあみんないいもんなんだ。だけど、だからといってどうしてモーツァルトがだめになるんだか、そこがおれは気に入らない、全く。あの中島のやつ、きょうも朝っぱらから来やがって、さんざっぱら今週のヒットパレードをきかせていきやがったんだ、解説つきで。あの田舎っぺーめ。」彼はそう言うと、葉っぱをむいた桜餅に猛然とかみついた。「大体あいつは、おまえも知ってると思うけれど、最初田舎から出てきた時はガチガチのベートーベンだったんだぞ。ところがしばらくしたらとたんにモデルチェンジだ。つまり、おれがおまえなんかとコンチェルトをやったりするのを見て頭へ来たんだ。そしてダンモだビートルズだフォークソングだ歌謡曲だと次々に騒いで、いまじゃ今週のヒットパレードだ。つまり歌は世につれ世は歌につれ、これこそ音楽だってんだ。全く面倒みきれないよ。つまり、おれたちのキザなコンチェルトを蹴っとばして足をひっぱれりゃ、なんでもいいってわけだ、大衆の支持のもとにな。そして二言目にはあなた方上品な都会人はとか、こっちは農家の次男坊だからとか言ってさ。おい、おまえ小遣いいくらもらってる？」

「五千円だ。」

「うん、同じようなもんだ。でもあいつは純粋の小遣いが五万円だぞ。とにかく田んぼがみんな土一升金一升なんだな。それですごいステレオ買って、毎週新しい歌謡曲なんか買って今週のヒットパレードやってるんだ。今日なんて二十曲も新しいのを持ってきてさ、まあいいのもあったがね。なんだっけ、忘れた。まあいいんだ、こんなことは。」

彼はそれからゆっくりと上半身を起し、葉っぱと交換に桜餅をまた一つとって寝た。中島というのは、関西の田舎から大越境入学してきたやつで、秀才なのだけれどなんとなく劣等感が強いというか、ぼくたちのやることなすことが気にさわるらしく、しかもぼくたちがそれを気づかったりでもするとなお面白くないというような、つまりそういったよくあるタイプの典型なのだ。そして初めは小林なんかのあとにくっついてあれこれ真似していたのだが、いつの間にか居直ったというのか、うわべは猛烈に低姿勢にへりくだったかわりに、かげではいつも小林の足をひっぱるようないやがらせを言ったりしたりしているのだ。

「おまえも知っているとおり、おれは前から慶応に行くことに決めていたけれど、これはなんていうかな、ただのアンチ東大じゃなかったつもりなんだ。」と彼は、ふたたび天井を眺めてゆっくりと静かに話し出した。「おれは、たとえばおまえがシェイクスピアとゲーテが好きだとか、万葉だ徒然だなどと実にまあ単純に感激してるといつもワイワイからんできたけどな、それはそのこと自体を否定してきたわけじゃない。いいよ黙ってろ、分ってるなんて言うな、絶対に。つまりおれがからんできたのは、言うなればそういうことを平気で言えるおまえ自身の生き方みたいなものに対してだったんだ。おれはおまえのそういう平然としたようなところを見ると、どうしてかカーッと熱くなるところがある。おれの野心と言ってもいいかもしれない。つまりおれは、おまえやおまえたちがだな、まわりが何を言っても平気であわてず騒がずにやっていって、いいものはいいと平気で言って、しかもだ、おい、おまえ、おれが小説の中で何人の女の子と寝たか分るか？」

「え？」

彼はまたゆっくりと起きあがると、葉っぱを返し、お茶をのんだ。そして今度は菓子鉢ごと抱えこむようにしておなかの上にのせて寝て目を閉じた。

「十二人だと思うよ。」と、ぼくは数えて言った。

「そうなんだ。」と、彼はかすれたような実に静かな声で言った。そしてそれから目を開けてまた天井を眺めながら、一語一語ゆっくりとかみしめるようにして話し出した。「そしてそれがおれのカーッとくるところなんだ。つまりおまえは、おれがワイワイ言う新しい小説をちゃんと読んで、その上にだ、このおれの持ちこむ明らかにくだらないおれの小説まで丁寧に読んでくれるってわけだ。気に入らない、そこが気に入らない。全く理不尽だけれどそこがカーッとくるんだ。いいよ、分ってるなんて言うな。おれには分るんだ。おれは、おまえたちがそういう具合に何を持ってっても平然と応じて着々と勉強をしていって、そして自然に東大へ入って、法学部かなんかで今度はまた例のおまえが一目惚れした先生かなんかについて、アリストテレスだヘーゲルだホッブスだマルクスだ、それからなんだっけ、荻生《おぎう》徂徠《そらい》だ本居宣長《もとおりのりなが》だなんぞとコツコツやって、そしておんなじ調子で教授になったり大蔵一中会に入ったり、いや、なんだっていいよ、おまえが文学部へいこうと理科へいこうと何になろうと、そんなのはどうだっていいんだ。とにかくおれには、そうやっておまえたちがあわてず騒がず確実に力を養って、そしていつの間にか落着いてこの社会の権力や組織をそして歴史そのものを手に収めていくところが目に見えるんだ。黙れ、黙ってきけよ。まだまだこれからだ。つまり、おれは、もちろんおまえたちが権力主義者だとか保守的体制エリートだとかそんなチャチなことを言ってるんじゃない。そんなことならこのおれが相手にするもんか。そんなのは冗談じゃない、吹けばとぶようなチャチなものだ。おれの言うのは、繰返すけれどそういうおまえたちの生き方そのものなんだ。おまえたちがそうやって力を養い鍛えていく方法そのものみたいなもの、そしてその底に流れている自信というか力みたいなものだ。つまりおまえたちは一言でいえば正統派なんだ。そしておれはカーッと熱くなる。おれの中でおれのすごい野心みたいなものがカーッと目を覚ます。そして要するに一言でいえば、おれはおまえたちを、おまえをペースメーカーにしちゃえと考えたんだ。つまりおまえたちだって、おまえたちのやり方そのものじゃどうしても届かないようなもの、どうしても力及ばないものがおまえたちの生き方そのものの中にあるはずだ。それをおれは必ず見つける。おまえたち正統派の方法ではどうしてもできないものを、異端者のおれが見つけてそしてやってやる。つまりおれはただの反対者や反撥者じゃない、おまえの言い草で言えば足をひっぱったりするんじゃない。おれはおまえをペースメーカーに仕立てて、その背中にぴったりくっついてゆき、ゆさぶりをかけ、からみ、しかしあくまでも冷静に観察して、自分の方法を見つけていく。おれはそうやって正統をのりこえてほんとうの異端となる。おい、分ったと言え、これは分ったと言ったたっていいよ。」

ぼくは椅子にもたれて目を閉じてきいていた。なんだか、これまでのいろいろなことが急にはっきりとしてくるような気がしていた。そして目を開けてみると、彼が冷たくなったお茶を寝たまま一息にのみほし、手をのばしてテーブルに戻すのが見えた。

ぼくはなんとなく立ちあがって、テーブルの下に置いてあった魔法びんをとり、急須のふたをあけてお湯を注ぎ、そしてお茶をいれた。彼はその間ずっと目を閉じてじっとしていた。ぼくは両方のお茶碗にお茶を注ぎ、それから黙って自分のだけ手にしてまたもとの椅子に腰かけた。ぼくが熱いお茶を一口のみ終るのを見届けたように、彼はまたゆっくりと話し始めた。

「ところが或る朝目を覚ましたら、おれは突然おれのいわばスケジュール闘争がお先真暗になっていることに気がついたんだ。まず簡単に言えば例の東大の騒ぎだ。おれはね、おれはおまえやおまえたち正統派が、川の本流みたいに堂々と整然と進んでいくことを当然のことといつの間にかすっかり思いこんでいたのに、なんてことだ、そのおまえたちがあっちこっちちりぢりになって行くわけじゃないか。しかもおまえたちだけじゃない。おまえたちを中心に迎え入れるはずだった東大はつぶれるし、それにおまえが一目惚れしたほどのすごい先生だって、あんなチャチな棒ふり学生を相手にして手も足も出ないじゃないか。これじゃあ困る、これではおれは困るんだ。おまえに言ったってしようがないけれど、おまえたちが悠然と堂々といわば歴史の真っただ中を落着いて進んでいってくれなければ、おれのようなほんとうの異端者は困る。おれは立つ瀬がないじゃないか。少なくともおれがわざわざ肩ひじ怒らせて慶応へ行くなんぞと言ったり、それが負け惜しみじゃないことを証明するためにくだらんことにまで張りきってみせたりしたのは、みんな馬鹿げた一人相撲になるじゃないか……。もっともね、こんなのは実は考えてみりゃあ大したことじゃないんだ。おれはね、おまえたちがどこへ行こうと、東大が雲散霧消しようと、結局はおまえたちが、たとえどんな形になってもやはりこの社会で確実に力を蓄えこの歴史の中心をがっちり握ることをちゃんと知ってるつもりだ。たとえ表面では棒ふり学生がいくらデカイ顔したって、世の中が何言ったって、お前の惚れた先生やなんかがビクともしないことぐらいは分っているんだ。だから、東大がつぶれておれが困るっていうのは、ペースメーカーはきちんと分り易く走って欲しいという、おれのいわば御都合主義だ。おれのいわば注文相撲だ。だからね、そんなことだけならおれはなにもそうあわてることはないんだ。ほんとうの問題はだからそんなことじゃあない。問題はね、問題は……。」

彼はそう言ってからしばらく口をつぐんだ。そして、それから目を開けて、おなかの上の菓子鉢からまた桜餅をとってゆっくりと葉っぱをむいて食べた。そして手をのばしてお茶をとり、グッとのんでテーブルに返し、また目を閉じた。

「問題はね。」と彼はそうして、またゆっくりと話し始めた。「問題はね、どう言うか、要するに簡単に言やあ、おれのほんとうの敵はおまえたちじゃあなくて他にいたっていうようなこと、つまりおれがおまえたちをおれのペースメーカー、つまり手強《てごわ》い敵として考え、おまえたちだけをマークしているうちに、いつの間にかほんとうの敵が足もとやうしろから来ていておれをバッサリやろうとしているっていうようなことなんだ。うしろからバッサリ、そして下からはおまえの言った足をひっぱるって形でね。しかもいやなことは、この新しい敵ってのは、おまえたちみたいにはっきりとマークできるような見事な相手じゃない。なんともつかまえどころがないような得体の知れないような何か、いわば時代の流れそのものみたいな何かなんだ。つまり、ちょうどおれがおまえたちをマークし、おまえを狙い撃ちにしたみたいに、今度は、気がついたら、このおれもおまえたちと一緒になって時代の流れそのものからマークされ狙い撃ちされている、というようなそんな気がし始めたんだ。つまりおれがね、おれが頭がよくて、そして或る種の優れた感受性を持っているといったそのことだけでだな、それだけでもう、おれの言う正統も異端もあらばこそ、それだけでもうこの時代のブラックリストにのっかっちゃって、指名手配されているっていうような、そんな感じがし始めてもうどうしようもなくなっちゃっているのだ。おれはそうして、いまちょっと何がなんだか分らなくなっているんだ。おれは、だから、これがおれの一世一代の泣きごとのつまり一般論みたいなやつなんだが、おれはいままさに、途方にくれて、見るもの聞くものみんなおれにけちつけてるような気がして、頭にきて、四面楚歌で、おれの大嫌いな悲壮感に溢れていて、つまりはさんざんのていたらくなんだ。黙れ、何も言うな。うかつなこと言ったら承知しないぞ。分ってんだ。こんなことこのおれが言うなんて、おれ自身信じ難いんだから。」

ぼくは彼の方は見ず、抽出しの上にのせた足、それも左足の包帯をやたらとじっと眺めていたが、それでも彼がゆっくりとしかし立て続けに二つ桜餅を食べるのが見えた。それから彼はまた手をのばして一口お茶をのんだ。ぼくはいろいろなことを考えながら、そのままのかっこうで目を閉じた。耳をすましているぼくにとって永い、ほんとうに永い沈黙が続き、そしてそれからとぎれとぎれにまた鼻唄が聞えてきた。今度も『ブルーライト・ヨコハマ』だったけれど、「歩いてもー、歩いてもー、小舟のよおーにー」というところを、実にゆっくりとゆっくりと、しかも何度も何度も繰返しているのが分った。そしてそれが百回も続いたような気がしたあとで、やっと彼が静かに言うのが聞えた。

「おれは小説なんてもうやめたんだ。」

ぼくは思わず目を開けた。彼はゆっくりと、静かに静かにまるで歌でも唱うように続けた。

「おれはもうあきらめちゃったんだ。どう言ったらいいか分らないんだけれどね。要するにおれなんてのは資格がないらしいんだ。つまりね、おかしなたとえだけれど、いまや一つには中島みたいなやつの時代らしいんだよ。つまり田舎から東京に出てきて、いろんなことにことごとくびっくりして深刻に悩んで、おれたちに対する被害妄想でノイローゼになって、そしてあれこれ暴れては挫折し暴れては失敗し、そして東京というか現代文明の病弊のなかで傷ついた純粋な魂の孤独なうめき声かなんかあげるんだ。もちろん中島でなくったっていい。つまりなんらかの大いなる弱味とか欠点とか劣等感を持っていてだな、それを頑張って克服するんじゃなくて逆に虫めがねでオーバーに拡大してみせればいい。しかもなるべくドギツく汚なく大袈裟にだ。小説だけじゃないよ。絵だってなんだってみんなそうなんだ。とにかく売りこむためには、そして時代のお気に入りになるためには、ドギツく汚なくてもなんでもいいから、つまり刺激の絶対値さえ大きければなんでもいいんだ。そしてそうなりゃもう誰だって、ほんとうに美しいもの、花とかさ、そういったなにか美しいものを見せるよりはズバリセックスとか汚ないものとかをそのままどうだとつきつける方が早いに決ってる。それからそしておれはね、そういういわば絶対値競争にはもう全く自信がないんだよ。それからおれは、そんなあさましい弱点や欠点暴露競争にも参加する気にはどうしてもなれないんだ。つまり資格がない、全然もともと資格がないんだ。なんてこった。いいよ。分ってるよ。おまえに言われなくたって、おれはもう自分で何万回も、これはおれの一時的自信喪失じゃないか、結局は一種のゲバショックじゃないかって考えたんだ。でも残念ながらそうじゃない。どうしてもそんなことじゃないらしい。これはね、どうやらさっき言った時代の流れそのものなんだ。つまりね、おまえが読んでるかどうかは知らんけどね、みんなが言うことにゃいまや狂気の時代なんだそうだよ。つまり知性じゃなく感性とかなんとかだ。まあおれには、どうして感性やなんかが知性から切り離されて存在するのか全く分らないけれどね。でもそんなことを言ってみても始まらないんだ。要するにおれみたいに、おれの感受性も含めた知性に或る誇りを持っていたりすると、それだけでもうパーだ。それだけでもうおまえはひっこめ、おまえの時代じゃない、おまえは邪魔だ、おまえが悪いんだとなる。大袈裟に絶望したりすぐ暴れて挫折したり、自分の弱味や欠点をおっぴろげて並べてみせて、それこそおチンチンやらなにやらみんな見せてやらなければだめなんだ。そういうことのできないやつってのはこの時代の敵になるんだ。ちょうどおまえたちが、優等生だってことすなわち人間味がないって意味にされるのとおんなじで、ちょっとでも知的であろうとすると、すなわちそのことだけでもう感性やら芸術性やらがないってことになるんだ。

これじゃあ狂気の時代になるのは当り前だ。つまり昭和元禄阿波踊《げんろくあわおど》りだ。そして踊らにゃ損々なんだ。おれはもう何もやる気がしないんだ。おれはね、おれはさ、日比谷に入って初めて卒業生名簿を見た時、白状するとすごく嬉しかったんだよ。まあ、どうでもいいことだけど、夏目漱石だとか谷崎潤一郎とか小林秀雄とかズラズラいてさ。それで、おれは漱石が大好きだからさ、これも何かの縁だ、おれはきっとあとを継いでやろうなんて思ったりしてね。でも、もうだめだ。評論家になってそんな時代を叩っきる気さえしないんだ。同じ小林でも秀雄大先輩とは時代がちがうんだ。阿波踊りのどまん中でモーツァルトを、いやワグナーをきかせたって、それがいいものだって言ってみたって、そんなのはそれこそナンセンスに決ってるんだ。だからね、おれはもう決めたんだ。おれはもうせめてものことに何もかもきっぱりとあきらめるんだ。踊らにゃ損々になればなるほど、せめてはそんな阿波踊りの仲間には入らない。少なくともおれは最後まで入らない。これがおれの最後の誇りだ。おれのささやかな抵抗だ。そんなことやるくらいなら死んだ方がましなんだから。おい、何も言うな、何か言ったら、しっかりしろとか、おまえは疲れてるんだなんて、そんな、そんなチャチなことを言いやがったら……。」

ぼくは彼の方は見ず、ただひたすら一心に左足の包帯を見つめていたけれど、彼の声がふるえて、そして彼の目に恐らくは涙が溢れているのが、まるで自分のことのようにはっきりと分った。あの自信満々で威勢のいいこいつが……。でもぼくには、ぼくの中に熱く溢れそしてぼくをつき崩そうとでもするようにゆさぶるものは、彼が泣いているというようなこと自体ではなく、それがむしろ当然なのだというようなこと、彼の言いたいことが、立場やニュアンスの差こそあれ、いつもぼくがそれにいなごの大群の来襲をうけるようにつかまり、それに深入りせずやりすごすためにあの手この手を使って頑張っているような何か、そして彼が、そのぼくをしのぐ自信や勇気から、ついにそれを真正面からとらえ深入りすることになったそんな何かであることが分ったように思えたのだ。いまかたわらで泣いているのは、誰というよりも恐らくはぼく自身なのではあるまいか。彼は、たとえばぼくのかわりにけんかを買って出たのではあるまいか。でも、恐らくはそれだからこそ、いまのぼくには他にしなければならないことがあるにちがいなかった。ぼくは必死に包帯をにらみつけながら、慎重に考えた。ぼくは頭から尻尾《しっぽ》までそれこそなめるように考えこみ、そしてそれからやっと言った。

「おまえは疲れているんだよ。」

ぼくには彼のからだが一瞬ビクリと動くのが分った。ぼくはもう一度言った。「おまえはすごく疲れているんだよ。」そしてゆっくりと落着いて続けた。「おれはすごくテレビが好きでね、しょっ中見ているんだ。おまえに言わせりゃ、ありゃみんなとんだ阿波踊りだよ。でもとにかく面白いんだ。特にコマーシャルなんてのはすごいんだ。それに面白いだけじゃない。ためにもなるんだよ。薬のコマーシャルがあってね、強精剤でね、玉竜ドリンクってやつだ。三浦布美子っていうものすごくきれいな女の子が出てきてね、素敵な日本髪でこう着物の袖をとって首をかしげてさ、そいですごく色っぽく言うんだ……。」

「疲れたあなたって、」と彼が、かすれたような声で割りこんできた。「キライ、か？」

「ちがうよ、いやっ、て言うんだ。」

ぼくには彼のからだが小刻みに慄《ふる》え、それからその動きが急に大きくなっておなかの上にのっけたお菓子鉢までが微かに揺れるのが分った。ぼくはそれを見届けてから目を閉じ、そして椅子の背にからだをもたせかけるようにしてのびた。なにか自分が、とんだ手にあまるペテンをやって、ひどい責任をひきうけてしまったような重苦しい感じが、いちどきに襲ってきた。そして改めていろいろと考え始めた。ぼくは彼の言ったことを、一言一句かみしめるように思い出しそして考えた。ぼくには彼が、やはりぼくのかわりにけんかを買って出たんだ、という気がしてならなかった。頭がよくて自信満々で向うっ気の強い彼が、モタモタしているぼくにしびれをきらしてけんかを買って出て……。彼はもう何も言わなかった。そしてぼくは、ぼくたちは、そうやっていつまでもいつまでも黙ってのびていた。ぼくはいろいろなことを、それこそいつまでも考えていた。

そして、どのくらいたったのか分らないが、ぼくは急に「おい、帰るぞ。」という彼の声に目を覚ました。見ると彼は立ちあがって、お菓子鉢を両手でテーブルの上に置こうとしていた。

「おれ、ずいぶん食べたもんだな。」と、彼はお菓子鉢を見おろしながら言った。そして、たった一つ残っていた桜餅をつまみ上げると、ゆっくり葉っぱをむいて口に入れた。そしてぼくを眺めてちょっと笑って言った。

「これだけ食欲がありゃ、まあ大したことはないな。え?」

ぼくは思わず笑った。彼はそれから冷えたお茶の残りをのみほし、

「さあ、帰るぞ。」と言って、ベッドの上のコートをつかんだ。

部屋を出て階段を、今度はゆっくりと先に立っておりながら、彼がきいた。

「足どうしたんだ。」

「爪はがしたんだよ。」

「なんだ、くだらない。」

彼は玄関でコートを羽織り、そして靴をはこうとして、いつの間にか沢山の綺麗なはき物が並んでいるのに目をとめた。

「なんだ、これ?」

「お見合いだ。」

「くだらん。」と彼はまた言った。かなり調子が戻ってきていたのだ。

彼はそれから靴をはき、そしてドアに手をかけながらちょっとこっちを眺めた。そして言った。

「おまえはほんとうに図々しいインチキ野郎だよ。また来るからな。ガンガンからんでやるからな。じゃあな。」

彼はそう言うとサッとドアを開けて出ていった。

ぼくが彼が出ていったあとのドアをちょっと眺めていると、いつの間にかうしろから来たヨッちゃんが、声をひそめるようにして言った。

「すごくきれいなひとですよ。」

「え?」

「とってもきれいな、感じがよくて。あの、由美さんにちょっと似てらっしゃって。」

「いま奥の日本間です。お庭から見えますよ。」

「へえ。」

「いや、いいよ。またあとでね。」

ぼくはそう言うと、彼女の恐らくは一緒にクスクス笑い出そうとしている共犯者みたいな顔を見ることもできずに、あわててそして足のことも忘れて階段を駆けあがっていった。彼女にあとでどう説明したものかとチラリと考えながら。ぼくにはもう、ささやかなお見合いさえやさしく理解してやることができないように感じられたのだ。別に由美に似ているなんてことのせいだけではなく。

そしてぼくは部屋に戻り、彼が枕をそのままにしていったベッドの上にドサリとのびた（彼の枕の使い方は確かに実にうまいんだ）。そしてぼくはしばらくして、彼が例のブレヒトの外套を忘れていったことをふと思い出した。だが、その時にはもう、彼が残していったのは外套だけではなくて、何かもっと重い重いもの、まるでとてもかつぎきれないほど重い荷物のようなものを、ぼくにバトンタッチしていったということ、そしてぼくはうっかりと急場しのぎのインチキをやって、そして図々しくもそれを抱えこんでしまったのだというようなことを、重い沈むような気持で感じていたのだった。

9

それからしばらくしてぼくはフラリとうちを出た。例の革ジャンパーを着て猛烈なゴム長をはいて、お尻のポケットに千円札をつっこんで。ぼくには、ぼくがこれ以上このパッとしないぼく自身と差し向いのまま、その抱えこんだ重苦しいなにやかやにのめりこみ深入りしていくのが危険だということがはっきりと分ったのだ。もちろん外へ出たからといってどうなるというあてもなかった。でもとにかくやってみることだ。ぼくはなんとなく『馬鹿ばかしさのまっただ中で犬死しないための方法序説』なんて論文を思い出していた。これは(ぼくはあまりしゃべってはいけないと思うのだが)、例の下の兄貴の書いたもので、兄貴とそのおかしな友達たちはしょっ中ルーズリーフやなにかで変てこな本を書いて兄貴のところに置いといて、そして仲間だけで読んだりしているのだ。そしてこの『馬鹿ばかしさのまっただ中で犬死しないための方法序説』というのはその中でのベストセラー、というよりひっぱりだこだったもので、たとえば横断歩道をいつでも安全に渡る方法とか、飛行機に絶対に乗らない決心をする方法とか、つまりそういった種類の馬鹿ばかしいことがいっぱい書いてあるのだが、その中の最後の方に「逃げて逃げて逃げまくる方法」というのがあるのだ。つまり、誰かがもしなんかの問題にぶつかったら、とにかくまずそれから逃げてみること、特にそれが重大な問題であると思われれば思われるほど秘術をつくして逃げまくってみること、そしてもし逃げきれればそれは結局どうでもよかった問題なのであり、それは逃げまくる力と比例して増えてくるはずで、つまり、逆にどんな問題にとっつかまってジタバタするかでそいつの力は決ってくる、だから逃げて逃げて逃げまくれ、そうして、それでもどうしても逃げきれない問題があったらそれこそ諸兄の問題で……。そうだ、でもそうしたらどうするのだろう？

ぼくはジャンパーのポケットに両手をつっこみ、ゴム長をブカーリブカーリとさせてちょっと足をひきずりながら、いつの間にか駅のそばまで来ていた。そしてぼくは、ふと目の前のおそば屋ののれんに目をとめ、そしてとたんにものすごい死にそうな空腹に気づいて、そのおそば屋にとびこんだ。ぼくにはもう、すき腹のままこの自分自身とけんかしていようなどという一種の余裕さえなかったのだ。なんでもいいんだ、いまのぼくを助けるもの、いや少しでも変化させてくれるものなら。

ちょうど中途半端な時間だったせいか(四時すぎだったのだ)、かなり広いその店には他に誰もお客がいないで、店員たちはみんな店に置いてあるテレビを見ていた。ぼくは親子丼を注文し、それからテレビの方を眺めた。ちょうど落語をやっているところで、二人の若い女の子の店員と二人の若い男の店員がゲラゲラ笑いながら夢中で見ていた。そしてやがてぼくは、自分がいまや明らかにかなりトゲトゲしい気持で、その落語とそしてそれに夢中になっている人々を見ているのに気づいた。ぼくは(もう何度も言ったように思うけれど)相当なテレビッ子で、落語なんかも大好きでいつもはとても愉快に見るのだが、いまはどこかで読んだ「笑いは思考の拒絶」だとか(そうだ、ヴァレリーだ)、例の小林が言った「阿波踊り」とかいう言葉を思い起して、たまらないほどの苛らだたしさを抑えきれなかったのだ。ぼくは目を伏せて、テーブルの上のおみくじつき灰皿を一生懸命に眺めたりし始めた。

それからしばらくして親子丼がやってきた。ぼくは夢中で食べ、それこそあっという間に平らげた。そのぼくの猛烈な食欲は、相変らずなんとも馬鹿ばかしく滑稽なものにはちがいなかったし、ぼくは実際に思わずちょっと笑い出したのだけれども、でもその笑いはほんの小指のひとつきで泣き笑いになるようなものだということがぼくにはよく分った。ぼくはまた小林の「これだけ食欲がありゃ、まあ大したことはないな」という言葉を思い出し、そしてそれを自分に言いきかせるみたいにして、たぬきそばをさらに注文した。テレビはいつの間にか歌謡曲に変っていて、店員たちはうっとりして一緒に首をふったりして見ていた。ぼくは、今度はすぐやってきたたぬきそばを（持って来た女の子はおかしそうな顔をしてぼくを眺めたものだ）ゆっくりと味わいながら食べた。親子丼をよく嚙みもしないでかきこんだせいか、あたたかいおつゆが胃の腑にしみ渡るようでほんとうにおいしかった。ぼくは、ぼくの友達で貴族趣味というのか一流主義というのか、食べ物や着る物を初めなにごとについてもすごくやかましいことを言うやつのことを思い出した。彼が見たらなんて言うだろう。そいつは（当然のことだけれど）とてもデリカシーのあるいい男で、そしてぼくは彼の言うことはすべてもっともだと思うのだけれど、実際問題としてどこかピンと来ないように感じてしまうところがあるのだ。たとえば食べ物にしても、彼はそばは角屋《かどや》のなんかは言語道断で（角屋ってのは学校から一番近いのだ）どこじゃなきゃ食べるべきでないとか、寿司ならどこでどうやって食べろとか、つまりすべてそういう調子なのだけれど、ぼくは（あるいはぼくが馬鹿みたいに健康すぎるのだろうか）実際にはいつでもなんでもおいしく食べてしまうという、うしろめたいような舌と胃袋を持っているのだ。そして食べ物だけじゃない、着る物にしても持物にしても、ぼくにはどこか、そういったものは結局どうでもいいことじゃないかと思ってしまうようなそんな何かがあるのだ。何をどう食べようと何を着ようとどんな万年筆でどんなノートに書こうと、そんなことはどうでもいいことなんじゃあるまいか。何を食べどんなかっこうしてても、たとえそういうことがぼくのデリカシーや「人間的品性」なんかを損うとしても、もしそんなことでダメになるようなデリカシーや品性なら、そんなものはもともとどうでもいいようなものなのじゃあるまいか。そして、でも……そうだ。ぼくは思わずはしをとめた。そうだ。でもそうやって、どうでもいいどうでもいいと棄《す》てていって、いったい何が残るのだろうか？　食べ物や着る物をどうでもいいことだと放り出し、そして「ケーコートーね」なんて言う女の子やＰＴＡ的奥さんのおしゃべりや学校群やくだらない受験勉強を柔らかくなだめるようにやりすごし、そして「ゴマスリ型」や「居直り型」や「亡命型」にもスレスレのところで頑張って逃げまくったところで、それでいったいどうなるというのだろう。逃げて逃げて逃げまくって、確かに馬鹿ばかしさのまっただ中で明らかな犬死なんかはしないとしても、それで結局ぼくはどうなるというのだろう。たとえばその結果、多くのどうでもいい問題から逃げきり、そしてほんとうに重大な問題だけを見つけたとしても、その時にはもうそれを解決する力も時間もなかったということになったら、いったいどうなるというのだろう。それにそもそもこのぼくに、そんなどうでもいいことから逃げて逃げまくるといった或る意味で最も強く難しい生き方をする資格があるのだろうか？　ぼくのからだ中に、熱いそして暗い何かがジワジワと溢れてきた。ぼくはいったい何をやっているんだ。どうしてこのぼくは阿波踊りの仲間入りをしてはいけないんだ。気楽にのんびりと、みんなとおんなじに面白いことにジャンジャン手を出して、ガンガンと愚痴や不平を並べたて、文句を言われたらその時のこと、おれはこんなに弱いんだ、だらしない男なんだと同情を誘い、それがだめなら時代のせいだとかなんとか言って開き直って、そしてもしまだ頑張ったりしてるやつがいたらあの手この手で足ひっぱって。ほんとにぼくは何を我慢して頑張っているのだろう？　この昭和元禄阿波踊りの時代に、このそうだ、この「狂気の時代」に。

ぼくはは しをとめたまま、それこそ目ばたき一つせずにじっとからだを硬くしていた。同じような気持に襲われたことはこれまでにも数えきれぬほどあったけれど、いまのこれはそれこそ比べものにならないほど激しくどす黒い抑えきれぬ力をもって、ほんの身じろぎ一つしただけで、もうぼくをめちゃくちゃにひきずりまわそうとしているように思えた。そしてぼくは、いったんそうなったら、自分が恐らくは誰よりも激しく不気味な狂気を抱いているということを、実はずっと前からよく知っていた。

ぼくはほんとうによく知っていたのだ。ぼくは誰よりも激しい痴漢であり色情狂で強姦魔でけんか好きで暴行犯で、いやぼくは殺人だって平気でやる殺人狂なのだ。ぼくはこれまでのごく平静な時でも、実はこのことを考えてはひそかに言い知れぬ恐怖を自分自身に対して抱いてきた。ぼくは自分が、たとえばぼくの母や姉たちや、いや女だけでなくぼくの好きな友達でもそれを襲うやつがいたら、そのとたんに理屈もなにもなく反射的にとびかかっていくことを知っていた。ぼくはもし、あの由美のやつをほんとうに強姦しようとする男がいたら、ただ守るだけではなく必ずその男を殺してしまうにちがいないことを知っていた。たとえそいつがザ・デストロイヤーのような男でも、ぼくは絶対に確実にそいつを殺しその息の根をとめてやるだろう。いやそれだけではない。ぼくはあの由美のためにただやみくもに死を賭《と》して闘うなんてことはしない。相手を殺すとともに自分も死んで、あいつを結果的にはもっと悲しませるといった馬鹿げたことはしない。ぼくはその狂気の闘いのさ中に、むしろかえって氷のように冷たく冴えきって、豹《ひょう》のように素早くずる賢く残忍に、そして絶対確実に相手を殺し、しかもこのぼく自身は絶対確実に生き残ることだろう。そうなのだ。ぼくの狂気は、恋人のために死を賭して玉砕するといったただの若者の激情ではないのだ。ぼくの狂気は、その核心にあくまでも氷のような冷静さをたたえたようなもの、狂気のさ中にも自分の目的を完璧に貫くような種類のもの、まさに恐るべき不気味なものとなるにちがいないのだ。

「おそば、どうかしましたか？」と、突然女店員がかたわらに立っていてきいた。

ぼくは驚いて顔をあげ、それから黙って首をふった。そしてそれと同時にちょっとホッとして、逃げるようにお金を払ってそのおそば屋を出た。もう真冬の早い夕暮れの微かな気配が、薄い雲間をもれる日ざしに漂い始めていて、ひとしきり冷たさを増した空気がぼくを慄《ふる》えさせた。ぼくはしばらくそのおそば屋の前につっ立っていたが、どうしても、帰ってまた自分自身と差し向かいになる気にはなれなかった。ぼくは当てもないままに駅へ向い、とにかくなにか気のまぎれそうなところ、人の沢山いるところ、銀座へでも行ってみようと電車に乗った。

電車は日曜日のせいか、家族連れや子供連れの人たちや恋人たちでかなり混んでいた。でもぼくは、吊り革を握ったままその人たちから目をそらし、ひたすら窓の外を眺め、何も考えまいと努めた。ぼくは、こうやってフラリと電車に乗って目的もなく東京のあちこちへ行くのが好きで、時には由美のやつと一緒に一日中口もきかずに歩きまわってきたりすることがよくあった。もちろん、五千円のお小遣いではそうしょっ中映画を見たりするわけにはいかないということもあったけれど（だって、二人でロードショーを見て食事してお茶をのんだら二千円もかかるのだから、あいつのお小遣いと合せたって大したことにはならないのだ)、それ以上にそうやって、いろいろな人たちが沢山いたりあるいはいなかったりするさまざまな街を歩きまわること自体が、ぼくには(そして恐らくあいつにも)すごく楽しかったのだ。そしてそんな時ぼくは、いつもなにかとても幸福なあたたかい気持を抱いて帰ってくるのだった。どう説明すればよいのか分らないけれど、なにかおおらかな愛情のようなもの、こんなにも沢山の人々がこんなにもいろいろなことをしながら、でも結局はそれぞれが愛や幸福を求めてめいめい精一杯に生きているのだ、といった気持になって。そして(もちろん生意気で僭越《せんえつ》だということは重々分っているのだけれども)そんな時ぼくは、そういう沢山の人々に対して、たとえばイエスでさえも不当に心が狭いのじゃないかといったことを考えてしまったりするのだ。こんなにも一生懸命生きている人たちを、神をあるいは自分を信じるか否かで差別したりするのは、もともとちょっと了見が狭いのじゃあるまいか。こういう人たちをみんな天国に入れてやれないような天国、それどころかあの西行とか道元とかいった人たちを異教徒だからといって門前払いを食わすような天国なんて、なんてつまらない狭苦しいところじゃあるまいか。そしてぼくはそういう時すごくいい調子で、ひどく素直に、あの兄貴の言った「みんなを幸福にするにはどうすればよいか」をぼくは一生懸命考えてやるぞ、なんて思いながら帰ってくるのだった。そしてそんな帰り道、誰もいない淋しいうちのそばの道を歩きながらふと手をのばしたりすると、あいつもちょうど手をのばしてくれたりして……。でもいまは、ぼくは自分が、この電車の中の楽しそうな人々に、明らかにトゲトゲしい視線を向けるだろうということがよく分っていた。ぼくはただひたすら窓の外を眺めていた。でも窓の外にも広い東京の街はどこにも拡がっていて、そしてどこにも人々の姿があった。

そしてこの苛らだたしさは、にぎやかな銀座の人ごみに入っても、鎮《しず》まるどころかますます激しくなる一方だった。ぼくは有楽町で電車を降り、朝日の横を抜けて数寄屋橋に向う手前で、まずヘルメット姿もまじった反代々木系全学連の学生たちが、東大お茶の水事件の逮捕学生支援のための資金カンパをしているところにぶつかった。ぼくはいつもなら、小林なんかにウサンクサイ日和見《ひよりみ》だとかへっぴり腰の心情三派だとか例のお行儀のいい優等生だとか野次られながらも、そういう資金カンパには大ていいくらか出すことにしていた。ぼくは彼らにすごく興味を持っていて（まあ東大受験生という立場からも当然だが）、たまたま兄貴とその仲間に誘われたりしたこともあって10・21の新宿デモや11・22の東大デモなんかも見に行った（兄貴たちはどういうわけかぼくをそういうところへ連れ出すのが好きで、そして黙って驚いているぼくを見て、おまえはまるでみんなが火事場でドタバタしているのに、平気で嬉しそうに遊んでいる子供みたいだ、なんて言って笑うのだ）。ぼくはまた、彼らに関するいろいろな記事も、あの付属のＰＴＡママどころじゃなくできるだけ読むようにしてきた。でもぼくにはまだ何をどう考えたらよいのか、それすらよく分らないように思えた。もちろんぼくの若い血は、あのテレビのライトに照らし出された夜の安田講堂をバックに、激しい演説とシュプレヒコールとデモを繰返す果敢な彼らの姿に熱くわきたった。でもまだ何かぼくをひきとめるものがあった。その何かは、（恐らくひどく分りにくいと思うけれど）たとえば彼らがあまりにもカッコよすぎるというようなこと、そしてさらに、ヘルメットとゲバ棒を手に立ちあがることがぼくにはあまりにも簡単なことのように感じられる、というようなことだった。そして、では理屈としてはどうかとなると、ぼくにはぼくがほんとうにぼく自身の態度、誰からの借物でも受売りでもないこのぼく自身の態度を決める前に、まだまだ考えねばならぬことが沢山ありすぎるように思われた。そしてぼくは、そのようなぼくのあやしげな立場、彼らの味方にもなれず、いやそれ以上に彼らのはっきりした敵にもなれないふがいないいまの自分を謝るようなつもりで、これまでカンパに応じてきたのだった。時には、ぼくは受験生であすにもあなた方の敵になるかもしれませんよ、いいですか、なんて言って相手をびっくり目を白黒させたりして。

でもいま数寄屋橋を足をひきひき歩くぼくには、そんなのびやかな、或る意味で余裕のある態度などとてもとれなかった。ぼくは、いかにも粋にヘルメットをアミダにかぶったり、真赤なネッカチーフを首に巻いたりして、話しかける人々に意気揚々と何か答えているカッコいい彼らの前を、険しい気持で背を向けて通りすぎた。ぼくのなかには突然彼らに対する苛らだたしい反撥がわきあがってきた。彼らはほんとうに自分の頭で自分の胸ですべてを考えつくして決断したのだろうか。誰からの借物でもなく受売りでもない自分の考え、自分だけの考えで動いているのだろうか。いや、そうだとしても彼らはその行動に責任を、何よりも自分自身に対する責任をとれるのだろうか。彼らは、その決断と行動をたんに若気の至りや青春の熱い血の騒ぎや欲求不満の代償として見殺しにすることなく、つまりは一生挫折したり転向したりすることなく背負い続けていけるのだろうか。

数寄屋橋の交差点を阪急の方へゴム長の足をひきずって渡りながら、ぼくはぼくの中にふたたびあの熱く暗い狂気が、前よりもさらに激しくみなぎりつき上げてくるのを感じていた。そうなんだ、彼らはああやっていかにも若々しく青春を燃焼させその信じるところをやれるだけやったと信じきって、そして結局は例の「挫折」をして社会の中にとけこみ、そしてそれでもおおわが青春よ若き日よなどといって、その一生を甘さと苦さのうまくまじったいわくありげなものにして生きるのだ。彼らの果敢な決断と行動、彼らと行動を共にしないすべての若者をすべての人間を非難し虫ケラのように侮辱するその行動の底には、あくまでも若さとか青春の情熱といったものが免罪符のように隠されているのだ。いざとなればいつでもやり直し大目に見てもらい見逃してもらい許してもらえるという免罪符が。若き日とか青春といったものを自分の人生から切り離し、あとで挫折し転向した時にはとかげの尻尾みたいに見殺しにできるという意識が。もともと過去も未来も分けられぬたった一つの自分を切売りし、いつでも自分を「部分」として見殺しにできる恐るべき自己蔑視・自己嫌悪が隠されているのだ。でもぼくにはそんなことはできない。ぼくだってもちろんこの現代社会が明らかにウサンくさくそして大きく間違っていることを知っている。だからぼくだってそれがどうしても必要だと分ればいつだってゲバ棒をとるだろう。それが自分だけのためではなくみんなを幸福にするためにどうしても必要であり他に方法はないということが、誰でもなくこのぼく自身の考えで何よりもこの胸で分った時には。でもその時にはぼくは、ただ棒をふりまわして機動隊とチャンバラをしたり、弱い大学の先生を追いかけたり、そしてそのことだけでも問題提起になるなどと言いわけめいたことは言ったりせず、しかし確実に政府でも国家権力でもひっくり返すだろう。やれるだけやればいいなどと言っていないで、ちょうど由美を襲う暴漢の息の根を確実にとめるように、必ず絶対に、あらゆる権謀術数、あらゆる寝わざ裏わざを動員して、時には素早く時にはずる賢くそして時には残忍極まる方法を使ってでも、確実にぼくのそしてみんなの敵を、それが政府だろうと国家権力だろうと絶対確実に倒し息の根をとめるだろう……。でもこれは明らかにぼくの捨て台詞だった。そしてぼくは、誰よりもこのぼくが、他の若者に対してこのような捨て台詞をはいてはいけないのだということ、それをやって開き直ってはおしまいなのだということをよく知っていた。でもぼくには、もうそんなこともどうでもいいような気がしていた。

ぼくは交差点をさらにソニービルの方へ渡り、黒山の人だかりのしているそのビルの角を(何か石油の井戸のようなデザインの鉄骨が組んであって、上の方で時々炎が燃えあがっていた)覗《のぞ》きもしないで通りすぎ、相変らず両手をジャンパーのポケットにつっこみ、おかしなゴム長をひきずりながら四丁目の方へゆっくりと歩いていった。日曜日でちょうどあさっての建国記念日とも重なる飛び石連休でもあるせいか、数寄屋橋から四丁目に向う狭い歩道は賑《にぎ》わう人の群れでごった返していた。ぼくはその人波の間を、自然に左足をかばうようにしながらゆっくりと歩いていったが、前から後から人々があるいはつき当りあるいは押しのけるようにしてぼくにぶつかってきた。そうなのだ。この人たちは要するに誰のことでもない自分のこと、自分のささやかな幸福やそのささやかな利益のことだけを考えて生きているのだ。ぼくがおかしなゴム長をはいて足に怪我して歩いていようと、そんなことはかまいはしないのだ。誰もひとのことなどほんとうに考えはしない、ましてやみんなを幸福にするにはどうしたらいいかなんて、いやそんなことを真面目に考える人間が世の中にいることさえ考えてもみないのだ。そしてそれは恐らくはごく当り前の自然のことなのだ。

ぼくは四丁目の三愛のビルの下でちょっと立ちどまり、でもまた当てもなくなんとなくそのまま右へ曲って歩いていった。急に広くなった歩道の上には、沢山の人たちが、あるいは家族連れであるいは恋人同士で、大きなデパートの袋や買物包みを抱えて歩いたり笑ったり立ちどまったりおしゃべりしたりショーウィンドーを覗いたり、それぞれ楽しそうにやっている姿が遠く遠く銀座のはずれまでつながっているのが見えた。なんて楽しそうなんだろう。ほんとうにみんななんて幸福そうで屈託なく生きていることだろう。でも、そうだ、ぼくだってその気になれば、その気にさえなれば、いつだってこうなれるのだ。ぼくのおかしな考え方や感じ方や、そして考えてみれば馬鹿ばかしい一人合点から抱えこんでいるもろもろのうんざりするものをあっさり放り出して、ちょうど遭難しかかった船が積荷をおろすように何もかもみんな棄《す》てて、さっぱりしてしまえばそれでいいんだ。そしてぼくはスイスイスーダララッタと面白おかしくやっていく。なにもつまらぬことであれこれ頑張ったり踏んばったりすることはないんだ。どうせいくらやっても、お行儀のよい優等生でいやったらしい体制エリートの卵でと白眼をむかれ蔭口をきかれ足をひっぱられるのがおちなのだから、こっちから先手をうって、さっさとゴマをすり、居直り、趣味なんかもカッコよく確保して、なにごとも適当にやっていればそれでいいんだ。そしていったんそうなれば、ぼくはなんにも怖いこともないし、世の中を泳ぎわたるくらい誰にも負けないぐらいうまくやるだろう。阿波踊りだって負けやしない。みんなみんな簡単なとっても簡単なことなのだ。そしてなにもぼくが、そういつもよりによって難しいやりにくいことばかり選ぶなんて必要はどこにもないんだ。誰にも頼まれたわけじゃもともとないんだから。

ぼくは信号のところで自然に右に曲り、赤いレンガの道を見つめながら歩いた。ぼくには狂気だってお手のものなのだ、とぼくは思った。ぼくは最も現代的な行動的若者にだってホイホイなれるのだ。ぼくはあの「ケーコートーね」なんて言う女の子や、

「ドーテー？」なんて言うゴーゴー好きの可愛い女の子をジャカスカモノにして、あの女医さんみたいな年上の女性にもためらわずに誘惑されて、おしゃれに身をやつしてすごいプレイボーイになってもいいのだ。ぼくはさっさとどこかの大学に入って、入ったその日から筋金入りのゲバ学生になって、誰よりも見事な緩急よろしきを得たアジ演説でみんなを軒なみ煽動《せんどう》し激しい反体制を叫んで行動に駆りたてることだってできるのだ。そして最も過激でしかも一筋縄ではいかないグループを組織し、派閥抗争を巧妙な権謀術数で乗りきって、マスコミ操作もおさおさ怠りなく、いつの間にか全学連をまとめあげて政府をあわてさせ、赤い絹のネッカチーフなんか巻いて若い連中をハラハラさせてシビレさせせてやったっていいんだ。

ぼくは並木通りを渡って次の角のところで、右手の店のショーウィンドーを眺めてちょっと立ちどまった。ぼくは去年の暮、たまたまここで素晴しく冴えたなんとも言えないきれいな水色のスカーフを見つけて、値段も見ずに買ったことがあった。それはイタリアのなんとか製で三千九百円もして、ぼくはそれこそ大あわてだったのだが(その時ぼくはたまたまスキー用のセーターやなんかを買うのでお金を持っていたのだ)、それでもすぐ買っちゃったのだ。あの由美のやつがすごく気に入るってことが分ったから。でも、もうあんなやつのことなんか知るものか。もうお別れだ。あんな気難しいお天気屋にくっついて、間の抜けたキングコングみたいな用心棒をやっていつまでもくすぶっている必要なんてどこにもありはしないじゃないか。そしてぼくはそのまままっすぐに電通通りを渡った。信号は黄色で途中で赤になったが、もうかまう気もしなかった。どうせ人生なんて、誰がどうやっても結局は馬鹿ばかしさのまっただ中で犬死したということになるのだから、なにもいちいち気を配って自分をガラス細工みたいに大切にする必要なんてないではないか。ぼくの前後を車が走り抜け、そしてゆっくり足をひきずって歩くぼくに行く手をはばまれた数台の車がブーブー警笛を鳴らしたけれど、ぼくは見向きもしなかった。ひけるものならひいてみろ。こっちはひき殺されてもなんてことはないんだ。どうせぼくは、もう大学にも行く気のしないただの青二才のどこにもころがってるケチなチンピラなんだから。

それでも無事に横断歩道を渡りきったぼくは、また右に折れて歩き出し、そしてふと旭屋の軒先からぶら下っている「本」というネオンに気づいてなんということもなしに扉を引いて店の中へ入った。でも、入って山のように積まれ並べられた本を眺めたとたんにぼくを襲ったのは、或る吐き気のような不快感だった。いったいなんのためにこんなに本があるのだろう。ぼくはどこかで、いまや世界の全情報量は十年で二倍に幾何級数的に増えていくという話があったのを思い出した。いくら雄鶏よろしく七時に起きてせっせと勉強し本を読んだってもともと追いつくはずもありはしないのだ。ファウスト博士なんてのは遠い遠い昔の馬鹿げた夢物語で、それにそもそも知識とか勉強とかそして知性だなんだといっても、そんなものにどんな意味があるのだろう。ぼくは書棚を見る気もせず、ただまわれ右をするのがおっくうなばかりといった具合にブラブラと本の間を壁に沿って一まわりし、入った時とはちがう手前のドアを押して外に出た。ドアの外に立って眺めると、目の前の壱番館のビルのガラスに遠い夕映えでも映っているように淡い光が反射していて、そしてふと目を閉じると、まるで気の遠くなるほどのさまざまのにぎわいのざわめきが、ぼくを包囲しようとでもいうようにいちどきに襲いかかってきた。ぼくは目を開き、そして改めてはっきりと目を見開き、目の前に連なるビルの群れを、そのきらびやかなネオンを、そして行き交う楽しそうな人々をゆっくりと見つめた。ぼくの中に生まれて初めて、この見知らぬ人々に対する、そしてこのざわめきこの都市この社会この文明この世界、このぼくをとりまくすべてに対する抑えきれぬほどの憎悪が静かにしかし確実に目覚めてくるのが分った。そしてその憎悪は、生まれると同時にたちまち激しい怒りと敵意と復讐《ふくしゅう》を誓う怨念《おんねん》のようなものへと姿を変えていった。ぼくはこの復讐を必ずするだろう。何故なら、それがどういう形になるかは分らないけれど、しかし必ずぼくはやるだろう。何故なら、あんなにも素直に、あんなにも努力して何かを守り続けてきたぼくを、ののしり嘲《あざけ》りからかい追いつめそして足をひっぱり続けたのは、おまえたちなのだから。ぼくがこれからどうなろうと、何をしようと、どんなにダメになろうと、それはみんなみんなおまえたちのせいなのだから。
ぼくはそうやってつっ立っていた。ぼくはもうほんとうにすっかりダメになりかけていたのだった。

10

その時だった。右の方から何か黄色いものがかすめるように前を通りすぎたかと思ったとたんに、ぼくは左足のそれもまさに爪なしの親指そのものの上を誰かに地軸まで踏み抜かれて、それこそ声も出ず身動き一つできぬまま全身を硬《こわ》ばらせて縮みあがっていた。一瞬にして、連なるビルもネオンもざわめきも人々の姿も、みんなぼくの前から消え去って、ぼくは左足親指の先から背筋を貫通して頭のてっぺんまで串刺しにされたような痛みにしびれて、気が遠くなってしまった。痛いという感覚さえなかった。というよりぼくの全身はもう痛みそのものになってしまって、それを改めて感じる部分なんてどこにも残っていなかったにちがいない。

「ごめんなさいね。」という声が遠い遠いところから聞え、ぼくはぼくの左腰のあたりに、真夏の昼下りの仔犬みたいにハアハアと息をしている小さな加害者らしきものの存在をおぼろげに感じた。

「だいじょうぶ。」と、ぼくは自分がほとんど反射的に答えているのに気づいたが、それに続いてぼくは、ぼくがそのしびれたような感覚をそのままぼんやりと、でもできるだけ何気ないような足取りで右の方へ歩いていくのを知った。ぼくはそして死んだように気が遠くなったまま、でもとにかくすぐの洋服屋の角を右手に曲り、そしてなおも何歩だったろう夢中で歩いていき、そしてやっと気がついて目の前の街路灯の青い柱に両手でしっかりとしがみついた。目を閉じたぼくには、その全身をつかまえたしびれが熱い潮のように引いていくにつれ、左足親指の激しい突き抜けるような痛みが険しい岩角のように現われてくるのが分った。ぼくには、ぼくのかたわらを人々が笑いさざめきながら通りすぎ、目の前を車が走り抜けたりするのが分ったが、もうそんなことを気にする余裕もなにもなかった。ぼくはいまや左足の親指に破裂しかけた巨大な心臓を持つ怪獣で、沈没しかけたヨットの上で空しく帆柱にしがみつき、それでもなお沈んでいきつつあるところだった。ぼくは身動き一つできずに硬ばったまま、それでも自然に右足に体重をあずけるようにして左足を浮かし、歯をくいしばって声をこらえた。薄く開いた目にふと高速道路の方のビルの上の『女性セブン』という大きなネオンがうつり、ぼくはそれを何度も何度も馬鹿みたいに読んだが、何回読んでもそれは（当り前だろうけれど）女性セブンだった。女性セブンってのはいったいどういう意味なんだろう？

その時、ぼくのジャンパーの左のポケットのあたりを誰かが軽くひっぱるようにさわってくるのが分った。そしてぼくがボーッとした頭を微かにまわして眺めると、そこにはぼくの憎むべき加害者にちがいない黄色いコートに黄色い大きなリボンをつけた小さな女の子が、鼻の頭にちっちゃな汗の粒をいっぱいうかべ、眩しそうな目をしてぼくを見上げていた（彼女はきっと五つぐらいだろうけれど、ぼくにはおよそ女性の年齢はよく分らない）。ぼくはとっさに「やあ」と口を開いたが、それはほとんど声にならなかった。そして次の瞬間あわてたぼくは、なんていうのかまるで埋め合せでもするみたいに片目をつぶってみせていた。すると彼女はちっちゃな鼻孔をいっぱいにふくらませ、まるでいじめられた女の子が「イーダ」とやる時みたいに、ちっちゃな唇をいっぱいに横に歪《ゆが》めて開いた。ぼくは彼女が泣き出すのかと思ったが、でもすぐにそれは、彼女が一生懸命ぼくに微笑みかけようとしているのだということが分った。それじゃぼくも笑わなくちゃだ。ぼくはいつの間にかこめかみのあたりに粘りつくようにうきでた脂汗が微かに動くのを感じながら、ちょうど女優の卵が「チーズ」とやるみたいな不器用さで、でも精一杯の笑顔を作ってみせた。すると彼女は今度は目をヘアーピンのようにほそおくした。もちろん、精一杯ふくらませた鼻孔と「イーダ」をやっている口許《くちもと》はそのままだから、そこにできあがった表情といったら、彼女は笑っているんだと言ったって恐らく誰も信じてくれなかったにちがいない。そして、ところが次はまたぼくの番だった。追いつめられたぼくはペロリと舌を出してみせた。だって他にいったい何ができただろう。ぼくは両手で生命がけで帆柱にしがみついていたし、右足はもちろん立って重心を支えるのに使っていたし、それで左足でどうしたらいいっていうんだろう?

ところがぼくの舌はどうやら大成功を収めたのだ。彼女の唇はとたんにちっちゃな三角形にすぼまってまた柔らかく開き、不自然に細められた目の中からピカピカした黒目が輝き出してきた。そして次の瞬間ぼくは、彼女のふっくらとした頬っぺたに柔らかな笑窪《えくぼ》ができるのを確かに見たのだから（その笑窪ときたら、もう一度見られるのなら、ぼくは逆立ちでも、いや左足で「片足チンチン」だってやりたくなるようなものだった)。

「あたし、とってもいそいでいたの。ママが待ってるの、あっちで。」と、彼女はすぐ恐ろしく真剣な表情で説明し始めた。「あっちのお店でお茶のんでるの。おばちゃまとお話ししているの。道草しないで、すぐ帰ってらっしゃいって言ったの。」

ぼくはどうにか了解した。この子は『かぐや姫』とか『シンデレラ』とか、なにかそういった素敵なお話めがけてつっ走ってきたわけなんだ。そして、事実彼女は、左手に細長く二つ折りにした千円札をしっかりと握りしめていた。とすればまだ買っていないわけだ、と気づいてぼくはまたあわててしまった。ぼくは一トンもある豪快な目覚し時計がガンガン鳴り続けている左足をそっと地面につけ、そしてゆっくりと左手を柱から離した。そして、ほんとうにもうだいじょうぶだから、心配しないで早く本を買いにいらっしゃい、と言った。

彼女はぼくを見つめながら、どうやらこっくりした。でもそれはひどく曖昧な、ほとんど「いやいや」みたいなこっくりで、そして彼女はそのままうつむいて思いつめたような様子になってしまった。ぼくは左足の外側とかかとにそっと重心をかけ、右手も柱からゆっくりと離した。さあ、いよいよこれは、ほんとうにとんぼ返りでもして百米《メートル》駆けてみせなきゃいけないのだろうか、それもニコニコ笑いながら。ぼくはうつむいた彼女の前髪をおさえているカナリア色のリボン（言い遅れたけれど彼女はきっとすごいおしゃれなのだ。リボンはそのカナリア色のマントのような素敵なコートと全く同じ色だったから）の蝶々結びを眺めて大きく息を吸った。

ところがその時、彼女は突然嬉しそうに目を輝かせてぼくを見上げ、そしてぼくの足許にしゃがみこんだ。その右手にはいつのまにかちっちゃくたたんだ真白なハンカチーフがあった。ぼくも大あわてでなにがなんでもしゃがみこんだ。

「ほら」と彼女は右手をのばしたが、その手の先、つまりぼくの例のゴツいゴム長靴の左足の問題の箇所あたりには、まるで印刷でもしたみたいに小さな靴のあとが残っていた。ぼくは彼女ののばしかけた手を、あわてて、でもそっと両手で受けとめて、そんなのかまわないんだよ、と言った。そしてぼくの顔を覗きこむように見つめてくる彼女の視線を「チーズ」をやって防ぎながら、ぼくの問題の部分はゴシゴシ磨かれても耐えられるだろうかとひそかに検討した。ぼくにはもちろん百米駆けるほうがずっとましだと思えた。

「さわっちゃ痛い？　まだ。」と、突然彼女はきいてきた。ぼくはまさに図星をさされてうろたえた。さあ、どうしよう。ぼくはそれこそいちどきに山ほどのことを考えて地球を七回り半した。痛いけど痛くない話、夢にベロッとはげた血まみれの生爪なんか出てこないようなうまい話はないものか……。

「ほんと言うとね、ここ怪我したばかりのとこなんだ。」と、ぼくはなんとか始めた。

「ラクダに乗ったの。知ってる? ラクダって。」

彼女はやや疑わしそうな曖昧な表情で、それでも少しびっくりしてとにかくうなずいた。

「つまりね、ラクダにはコブが一つのと二つのとがあるんだよ。知ってる?」

彼女は今度は大きく続けざまにこっくりした。

「それでね、ぼくはコブ一つのラクダに乗ってたのにね、つい二つのだと間違って思いこんで、うしろのコブにこう寄っかかっちゃったんだよ、ね? そいだもんで、ほら、ワアーッて具合にこんな具合に(これは手真似だ、もちろん)落っこっちゃったんだ。ワアーッ、ズシーンってね。」

ワアー、というように彼女は口を開いた。ぼくはしめたとばかりベラベラしゃべり始めた。「それで怪我しちゃったんだけどね、もう大したことはないんだよ。うん、靴ははいてなかったんだ。だってね、エジプトっていうとても暑くって遠い国に行ってたの。何しにって、探検に行ったのさ。ほら、ピラミッドってのの知ってる? こういう三角のお山みたいなやつさ。あれはね、ほんとうは王様たちの宝物がしまってあるんだよ。だってね、エジプトっていうのはとても古い国でね、昔々すごいお金持の王様がいっぱいいたんだ。王様だけじゃなくってさ、女王様も王子様も、それからきみみたいにちっちゃい王女様もいっぱいいたよ。みんなすごくおしゃれでね。そしてね、きみぐらいのとしになると、みんなお嫁に行ったりしたんだ。うん、びっくりしちゃうね、ほんとだね……。」

そうしてぼくと彼女は、街路灯と枯れた街路樹の間にまるで商売をほっぽり出した靴みがきのコンビみたいなかっこうでしゃがみこんだまま、何時間も（とぼくは思った）エジプトの話を続けた。ぼくは持てる知識を総動員して（受験勉強だって案外役に立つんだ）、クフ王やらトトメス三世やらネフェルトイチやらクレオパトラやらをいちどきに登場させ、さらにファルーク王やらロンメル将軍やら、そしてその上アラビアンナイトまでまぎれこませてなんとも珍妙かつ絢爛《けんらん》にして豪華（？）なる大冒険・大活劇をくりひろげたが、まあこれだけ役者がそろえばどんな話だって面白くなるにちがいない（つまりぼくは、ネフェルトイチに頼まれてその弱い亭主を助けて、ファルーク王とロンメル将軍が組んだような墓泥棒の大盗賊団を、トトメス三世の武勇やアリババの機智でコテンコテンにやっつけて、クレオパトラという綺麗なちっちゃな王女様にキスされて帰ってきたとかなんとか、まあざっとそんな話なんだ)。そして彼女はもうすっかり興奮して夢中になってしまい、千円札とハンカチーフを両手でしっかりつかんでひっぱったりゆるめたり、ヤマ場に来るとハアハアと肩で息をしたりして聞いていた(ぼくは童話作家になれば一家をなせるんじゃないかと思ったものだ)。

ぼくはもちろんいつまでも話していたかったけど、でもとにかく左足が死にそうに痛むし、それに左足に負担をかけぬようになんとも不自然なしゃがみ方をしていたから、とうとう右足から腰にかけての筋肉がすっかりしびれてきて、もうどうしようもなくなってしまった。それに気がついたら、いつの間にかぼくたちのまわりを淡い夕《ゆう》闇《やみ》がすっぽりと包みこんでいたのだ。そこでぼくは、やむを得ず終りのいいところを涙をのんではしょってクレオパトラとあっさりキスをして、そして、わあ大変だ、ママが心配しているよ、とごまかして彼女の手をとって立ちあがった。彼女は耳や頬っぺたをすっかり上気させ、ポーッとしたまんまぼんやりとぼくを見上げた。

「一緒に本屋さんに行く?」と、ぼくはやむを得ずきいた。言ったあとでぼくはすぐ左足とそれから右足のしびれを検討したけれど、いずれにしたって後の祭だった。彼女は大きくこっくりした。

ぼくたちは手をつなぎ直し（つまりぼくは右手で彼女の左手をとって立ちあがったのだが、彼女はぼくの左側にまわってきてくれて右手を差し出したのだ）、親子でもなく兄妹でもなく、敢えて言えば恋人同士というのが一番近いような、お互いにそれとなく相手を見つめ合うムードでゆっくりと歩き出した。一足歩くごとに痛みが頭それから目にまで響いたけれど、ぼくは一生懸命に歩いた。

「なんの本を買うの？」と、ぼくは彼女の注意をそらすようなつもりもあってなんとなくきいてみた。

「あかずきんちゃん。」と、彼女はいやにはっきりと答えた。

「へえ。」と言ってぼくはちょっと考えこみ、そしてきいた。「ママがそれにしなさいって言ったの？」

彼女はリボンをふってこっくりした。ぼくはまたたずねた。

「きみは時々すごく道草したりするの？」

彼女はうつむいて下を見てゆっくりと歩いていたけれど、ぼくには彼女が耳まで赤くなって小さくこっくりするのが、夕闇の濃くなった街の光の中でもはっきり分った。

本屋はかなり人で混んでいた。彼女は相当に重いガラス扉を両手でひっぱりあけてぼくを入れてくれて、それからまたぼくの手をとり、ぼくをかばうように千円札を持った左手を前に出して人をかきわけながら、左側の絵本や童話のコーナーに案内していった。童話や絵本がずらりと並んだ棚の前に立つと、彼女はまたぼくを眩しそうに見上げた。

「ぼくが一番いいのを選んであげるからね。」

彼女は大きくうなずいた。

「きみは漢字は読めるの?」

「すこおし、やさしいのだけ。」と、彼女は小さな声で答えた。

それからぼくは棚に沿って動きながら、めぼしいのを見つけては次々とひっぱり出し、ペラペラ頁《ページ》をめくって読んでみた。赤頭巾ちゃんなんて誰でも知っている話だけれど、ものによってずいぶんちがっているのだ。たとえばグリムでは、狼に食べられた赤頭巾ちゃんとおばあさんは猟師とか木こりに助けられるのだが、ペローでは大てい食べられてしまったままで終ってしまう。それから狼に出会って怖がってふるえる赤頭巾ちゃんとか、狼に脅かされておばあさんちのドアを叩く合図を教えてしまう赤頭巾ちゃんとか、「見知らぬ人を信じちゃいけません」とか「道草しちゃいけません」なんていう教訓をやたらと繰返して罪の意識に悩む赤頭巾ちゃんとか、いろいろ変なのもあるのだ。そしてぼくは(詳しく話したらきりがないのでやめるけれど)、このちっちゃな道草好きのやさしい女の子に、素敵な赤頭巾ちゃんのお話を選んでやりたかった。見知らぬ狼さんを見てもニコニコしてこんにちはなんて言ったり、森の中に咲いているきれいなお花を見てついおばあさんのために摘んでってあげようと道草したり、そして狼に食べられてもあとでおなかからニコニコして出てくる可愛い素直な赤頭巾ちゃんを。

ぼくはやがて一冊を選び、はい、といって彼女に渡した。彼女はニッコリとまたあの笑窪を見せて微笑み、その大きなグリム童話をしっかり抱え、またぼくの左手をひっぱって出口の方へ歩いていった。彼女はそれから高い勘定台にのびあがるようにして両手で本とお金を差し出し、やがて包装された本とおつりをまたのびあがるようにして受けとると、おつりにもらった百円玉や十円玉を右手の手のひらの上で数えた。そしてちょっと恥ずかしそうにぼくを見上げたけれど、その様子は、たとえばお料理の下手なのが見つかった恋人みたいだった、なんて言ったらぼくのひとりよがりってものだろうか？

彼女はおつりをコートのポケットに入れ、左手でしっかり本を抱え、右手でまたぼくの手をとって、ぼくを無事に店の外まで連れ出してくれた。

「ママはすごく叱るかな。」と、ぼくは店の前で立ちどまって言った。

彼女はちょっとぼくを見つめ、それからゆっくりと首を振って、すごく落着いて答えた。

「平気なの。ママはおしゃべりが好きなの。」そして彼女は、ぼくの足を見ながらちっちゃな声でつけ加えた。「いつもそうなの。」

ぼくたちはそれからまたちょっと見つめ合った。やがて彼女は、さよなら、と小さな声で言うと、パッと右の方へ駆け出した。ぼくは彼女の姿を目で追い、そしてすぐ先の行く手の信号が赤なのに気づいて思わず、気をつけて、と叫んだ。彼女はパッと立ちどまった。そしてクルリと振り向くと、あのもうすっかりおなじみになったはにかんだ眩しげな表情でぼくに微笑みかけた。そして彼女はぼくに何か言ったけれど、ぼくにはそれが、あなたも気をつけて、と言ったように聞えた。

彼女はまたクルリと背中を向け、そしてちょうど青になった横断歩道を人ごみをすりぬけるように駆けて行き、そのまま見え隠れしながら、ずっとずっと向うの、もう一つ先の信号をさらに越えたあたりで消えた。ぼくはそのちいちゃなカナリア色のコートとリボンが消えたあとも、しばらくじっとその行方を追うように眺めていた。突然何かが静かに、でも熱く熱くぼくの胸の中に溢れてきた。あのおかしな女の子ったら、大きな黄色いリボンなんかつけて「イーダ」なんてやっちゃって道草しちゃってさ、鼻の頭に汗うかべてすっとんできてまるで狙ったみたいにぼくを死ぬほど踏んづけちゃってお釣りなんか数えちゃって、そしてぼくが気をつけてって言ったらあなたも気をつけてなんて生意気言っちゃってさ。ぼくの胸にはさまざまな思いがいちどきに渦巻きながらいっぱいに溢れてきた。もうすっかり夜になっていて、連なるビルのネオンや車のライトやそして行きかう人々のざわめきが再びぼくをとりかこんでいたが、でもぼくにはもう分っていた。ぼくは溢れそうな思いを抑えながらゆっくりと確かめるようにまわりを眺めた。目の前を歩いていく腕を組んだ恋人たちを、向う側の歩道をインターナショナルを歌いながら引きあげていく学生たちを、肩を並べて歩く年老いた夫婦を、子供の手を引いたパパとママを、すべての人たちすべての光景を……。ほんとうにだいじょうぶだった。ぼくは、とてもとってもついていたんだ。ぼくは静かに静かに立っていた。ぼくはさまざまの思いを、いまにも溢れそうな涙を必死になって目ばたき一つしないでこらえながら、ちょうどいまにもこぼれそうな大事な金魚鉢でも抱えているみたいに、ざわめく街角のまん中で、静かにひっそりと、でも誰よりもしあわせに喜びに溢れて、いつまでもいつまでも立ちつくしていた。

やがてちょうど目の前にタクシーがとまったのを見て、ぼくは気がついてすぐ歩いていって乗りこんだ。何故ってとにかく足をなんとかしなければならなかったから。ぼくはもうどうしたって犬死するわけになんていかない、絶対にそんなわけにはいかないってことをまたよく知っていたのだから。そしてぼくは病院のまん前で車を降り、もう少しも迷わずに急患用の赤いベルを押してさっさと玄関に入りこんだ。きのうぼくを診てくれた男の医者がカーディガン姿で現われ、そのままのかっこうでぼくを診察室に案内してくれた。彼はぼくのだいぶ血のにじんだ包帯を手早く巻きとって傷を眺め、雷でも落ちてきましたか？　と言った。そしてぼくが、女の子に踏まれました、と言うと、要するにふんだりけったりですね、と言って笑った。ぼくも一緒に笑い出したけれど、なんだかほんとうにおかしかったのだ。

病院を出ると、暗い冬の夜の冷たい北風がいきなりぼくをつかまえた（もう八時近かったのだ）。ぼくはジャンパーの襟を高く立てポケットに両手をつっこんで、まだ麻酔の消えないおかしな感覚の左足をかばいながらゆっくりと歩き出した。風ときたらまるで刺すように鋭く頬をかすめ、高い街灯の蒼白い光はひとけのない凍った道を冷たく照らしていたけれど、ぼくはなんとなく、自分が焼きたてのおいもかなんかにでもなったみたいにホクホクホカホカした感じだった。ぼくはそしてなんとなく嬉しいままで由美のうちの前を通る道を行き、それから折角足をひきひき来たんだからと思ってあいつをちょっと誘い出した。(ぼくたちはまあ絶交していたわけだけれど、あまりしょっ中けんかしてるので、時々忘れちゃうことがあるんだ)。あいつは、すぐにベルトつきの短い革のコートにブーツをはいて、あのお気に入りのスカーフで頭を包んで散歩姿になって出てきた。ぼくたちは門のところでなんとなく肩を並べ、そしてぼくは怪我を隠して歩こうとしかけたが、なんだか馬鹿ばかしくなってやめた。

「怪我してるんだよ。きのうから。」とぼくは言った。

「知ってるわよ。」と、彼女は相当に不機嫌な声で答えた。

「もうだいじょうぶなんだ。」

「そう。」

ぼくたちはそれからなんとなく肩を並べたまま、同じようにポケットに手をつっこんで、背を丸めてゆっくりと歩き出した。ぼくはもう大っぴらに足をひきずりながら、あの「どうどうどっこ」でもバレてたんだ、なんて相変らずホクホクと思い出した。でもしばらく黙って歩いているうちに、ぼくはもう黙っているのがとても我慢できなくなってきた。

「ドンが死んだよ、きのう。」とぼくは言った。

「そう。」と彼女は、下を向いて歩きながら素っ気なく言った。

「ぼくは大学行くのやめたんだ。自分でやってみるよ。」

「そう。」

ぼくには言いたいことが山のようにあったけれど、何をどう言ったらよいのか分らなかった。由美は相変らず素っ気なくぼくの方を見もしないで黙ってつまんなそうに歩いていたけれど、でもぼくはいつの間にか彼女が、ぼくの左側をほんの肩ひとつほど先にたっているのにちゃんと気づいていた。つまりそれは、なんていうか、彼女が待っている証拠なんだ。彼女は、いつもは黙ってうしろやなんかから自分を見られるのがとても嫌いなのだが、時たま、ほんの時たま、こうやってぼくにそっとうしろから見つめさせてくれることがあるのだ。そしてそういう時ぼくは、まるで次の時までの分をためこんでおこうとでもいうように、それこそ胸いっぱいに吸いこむみたいに見つめちゃうのだ。

「いろんなことがあってね、」とぼくは言った。「なんとなく銀座に出たんだ。そしたらちっちゃな女の子に怪我したところをふんづけられちゃってね。でもその子はすごく心配して、一生懸命気をつかって、とてもやさしくしてくれて、」ぼくは言葉につまってしまった。「嬉しかったんだよ。」

彼女は何も言わずに歩き続けていた。ぼくは言葉を求めて、ぼくの胸いっぱいにまたこらえられぬほど熱く溢れてきた何かの中をさまよった。ぼくの胸の中には、まるで生まれたての赤ん坊星雲みたいな柔らかくて熱い何かが渦巻きながら溢れ、その渦巻のあちこちには、さまざまな出来事さまざまな思いさまざまな言葉が若い星たちみたいに次々と光ったりウィンクしたり隠れたりしていた。あの変てこなドンの犬小屋とか自転車とかテニスコートとか、あの女医さんの柔らかく揺れる乳房とか子供みたいな寝顔とか、あのおしゃべりな奥さんの帽子の羽根とか超満員だった日比谷の講堂とかいろんな友達とか、そして小林やおそば屋のテレビや銀座で見かけた恋人たち学生たちそして笑いさざめく沢山の人たちや、あのちっちゃな女の子、あの内気ではにかみ屋で心配屋でどこから来たのか分らない名前も知らないもう会うこともないカナリアみたいにパッと駆けてってしまったちっちゃなやさしい女の子とか……。ぼくにはそういったすべてが、それぞれの思いそれぞれの言葉をいっぱいに抱えて、それぞれの表情でぼくをとり囲みぼくに話しかけ微笑みかけ、ぼくに何かを、なにかとても言葉にはならないような何かを教え知らせ贈物にしようとでもしているように思えた。ぼくは言葉を探し、さまよい、迷い子になり、そしてどうしてもつかまえられぬままもどかしく繰返した。

「とても嬉しかったんだ。」

そしてぼくはふと手をのばしそこに差し出されていた彼女の手をつかまえた。その手が、そして肩が微かに顫《ふる》えているのに気づいて、それまで抑えに抑えていた何かがとうとうせきを切ったように溢れ出してきた。ぼくたちは一番最初まだ二人ともヨチヨチ歩きの頃お互いに乳母車に乗って出会って、ポカンと眺めていたんだ、そして二度目に会った時はこいつが乳母車の上に立ちあがって手をのばしてぼくの髪の毛をひっぱって、でもぼくはニコニコしてたんだ。ぼくはしばらく馬鹿みたいにそんなことを必死に思い出していた。でもそのうちにぼくにははっきりと分ってきた。ぼくには突然のようにぼくが考えていることが分った。ぼくは溢れるような思いで自分に言いきかせていたのだ。ぼくは海のような男になろう、あの大きな大きなそしてやさしい海のような男に。そのなかでは、この由美のやつがもうなにも気をつかったり心配したり嵐を怖れたりなんかしないで、無邪気なお魚みたいに楽しく泳いだりはしゃいだり暴れたりできるような、そんな大きくて深くてやさしい海のような男になろう。ぼくは森のような男になろう、たくましくて静かな大きな木のいっぱいはえた森みたいな男に。そのなかでは美しい金色の木もれ陽が静かにきらめいていて、みんながやさしい気持になってお花を摘んだり動物とふざけたりお弁当をひろげたり笑ったり歌ったりできるような、そんなのびやかで力強い素直な森のような男になろう。そして、ちょうど戦い疲れた戦士たちがふと海の匂い森の香りを懐かしんだりするように、この大きな世界の戦場で戦いに疲れ傷つきふと何もかも空しくなった人たちが、何故とはなしにぼくのことをふっと思いうかべたりして、そしてなんとはなしに微笑んだりおしゃべりしたり散歩したりしたくなるような、そんな、そんな男になろう……。

ぼくは由美とそっと手をつないでゆっくりゆっくりと歩きながら、何度も何度も同じことを繰返し考えた。ぼくには、このいまぼくから生まれたばかりの決心が、それがまるで馬鹿みたいなもの、みんなに言ったらきっと笑われるような子供みたいなものであっても、それがこのぼくのもの、誰のものでもないこのぼく自身のこんなにも熱い胸の中から生まれたものである限り、それがぼくのこれからの人生で、このぼくがぶつかるさまざまな戦い、さまざまな苦しい戦いのさ中に、必ずスレスレのところでぼくを助けぼくを支えぼくを頑張らせる大事な大事なものになるだろうということが、はっきりとはっきりと分ったように思えたのだ。

翌日読んでもらいたいささやかなあとがき

最後にちょっと白状すると、ぼくはいまこんなことをいろいろ話してしまって、なんとなく恥ずかしいというか困っているところがあるのだ。というのは(もうバレているかもしれないが)、ぼくはここでそれこそいろんなことを話したけれど、どうもちょっとあのしゃくにさわる女友達、あの由美のやつのことを書きすぎたんじゃないかっていう気がちょっとするわけなのだ。そしてぼくがそんな気がするのだから、あいつもそれに気がつくにきまっているし、だからあいつがもしこれを読んだらと思うとぼくはもうカーッときてしまうのだ。つまり彼女は、ぼくがここでゴタゴタ言ったことをみんな分りきった例の「イオニア派」みたいなものだと思うだろうし、そして結局は舌かんで死んじゃいたくなって、そしてぼくはまた、しまったと思ってるんだ、分るだろ、なんて言うけれど結局頭にきてけんかになって……、そして今度の絶交はそれこそ相当に猛烈なものになるだろうと思うわけなのだ。

だから、ぼくは或る山手線の駅から少しいったところに住んでいて、雄鶏みたいに毎朝七時に起きて勉強したりテニスをしたり散歩をしたりというごく平凡な生活をこれからも続けるわけだけれど、そんなぼくが、たとえばまたあいつと手をつないで歩いていたとしたら、それはこのぼくが相当にあの手この手をつくしてこぎつけた相当にハラハラする時にちがいないんだ。だから、なんていうのだろう、（笑うかもしれないけれど）そっとしておいてくれないかな。何故って、もし誰かがぼくを探しにきたりして、たとえばそんなウマイ具合に手をつないで散歩しているぼくに〇みたいなことをしたら、それはほんとうにもののあはれを知らないというか、武士の情を知らない仕打ちというものになるんだよ。（〇は、カドでワだから、おどかすって意味になるんだ）。それに実を言うとぼくは、「自分のことは自分でする」なんて大きなことを言いながら、これを書くのに例の下の兄貴に相当に、というより猛烈に助太刀してもらって（ああ、彼を馬鹿ばかしさのまっただ中で犬死？　なんてさせたら困るな）、それにさらに白状しちゃうと、なんだかぼくってのは、実は兄貴の書いた小説の主人公かなんかじゃないかって気もするほどなんだ（だって、日比谷の名簿を見ても庄司薫なんて見つからないのだから）。これはほんとうに恥ずかしいような困ったようなことだけれど、でもぼくはまああまり気にしないことにするんだ。何故って、もし誰かがこれを読んで、ぼくにとても嬉しいことがあって、そしてぼくはとってもついていたんだということを少しでも分ってくれれば(そしてほんの少しでも喜んでくれれば)、ぼくはもうほんとうにそれだけでいいんだから。

四半世紀たってのあとがき

庄司　薫

　このあいだ、思いついて日比谷高校の卒業生名簿を開いてみたら庄司薫という名前がのっていた。この本の「翌日読んでもらいたいささやかなあとがき」では、庄司薫なんてのってない、とあってへんてこだが、四半世紀たつことを思えばなにが変ろうとやむをえないような気もする。今では公園の名前のほうが有名な日比谷という名の一都立高校から、かつて毎年二百名近い東大入学者がでていたことがあるなんていま誰が信じるだろうか。

　ユーラシア大陸の東西の両端に、わずかな海をへだてて日本とイギリスが耳飾りのようにぶら下がっている。たとえば民主主義という知的フィクションは、この一対の耳飾りみたいなところでのみ辛うじて国家的規模でかつ相当期間持続したことがある、などと後に一行で評される可能性なんかも、四半世紀前に思いつくむきはあまりなかった。それどころか、自由と平等の「かねあい」なんてのはまやかしで、民主主義における「機会均等」という正義は「結果の平等」にまで進められなければならない、という前世紀以来の一つの考え方が豪勢に盛上がっていた。言いかえれば、猛獣以上に人類に顕著な「優勝劣敗」の法則をどこまでも緩和できると信じる、あるいは夢見ることができたのだ。

話は飛ぶけれど、その四半世紀のさらに十年以上前のこと、この優勝劣敗というおお池のまわりを小説を書くという方法でめぐり歩いたことがある。質量を持つ星が宇宙空間を歪《ゆが》めるように、人類という宇宙船地球号上の「力の過剰」が、それ自体(生態系を破壊する以前に)他者を傷つけ自らはその最も大切な人間らしいなにかを「喪失」するメカニズムを持っている。この優勝劣敗の法則を最終的に緩和することはできるのだろうか。

「ガールギーよ、問いすぎてはいけない。あなたの首がおちてしまうといけないから」とはヤージナヴァルキヤの二千六百年前の名台詞だが、古来或る種の問題はとにかく「封印」してしまうのが作法にみえた。

そして十年後、「みんなを幸福にするにはどうすればいいか」がはっきりと分らないうちは、少なくともぼく自身は「ひとに迷惑かけちゃだめよ」で精一杯やっていく他ないのじゃないか、「自分のことは自分でやって」、という主人公の設定のもとに書かれたのがこの『赤頭巾ちゃん気をつけて』ということになる。「みんなを幸福にするにはどうすればいいか」、すなわち優勝劣敗の最終的な緩和は可能かという事柄の核心は保留にして自らの「封印」を破った、とでも言おうか。左足親指の爪をはがして直立歩行できない、という設定を主人公にちゃんと加えているところがなにか眩しいみたいに正直だ。

情状酌量の余地はかなりあったようにも思う。たとえば当時、人類の英知のうちの科学技術という領域には、まだ希望的留保を支えるなにかがあった。食糧増産や資源の有効利用の技術向上によって、人類は無限に弱者救済を貫けるのかもしれない。一国の社会福祉だけではなく、世界中の「飢えたビアフラの子供たち」を明朗闊達《かったつ》に救い続けることができるかもしれない。いやいざとなれば巨大宇宙空間にのりだして、銀河系の彼方で永遠の繁栄を続けることだってできるかもしれない。事実その夏、アポロ十一号による初の月着陸を伝えたテレビ中継は、史上最高の視聴率（アメリカで九十パーセント）を記録する熱狂に包まれた。そこに映し出された荒涼とした月面の光景に、希望ではなく限界を見ることもできたのだけれど。

いずれにしても、「みんなを幸福にするにはどうすればいいか」への解答を留保してできることは、「馬鹿ばかしさのまっただ中で犬死しないための方法序説」とでもいったものにもとづいた、他者への必死のものおもい、とでもいったものになるのだろう。ちょうど戦い疲れた戦士たちがふと海の匂い森の香りを懐かしんだりするように、この大きな世界の戦場で戦いに疲れ傷つきふと何もかも空しくなった人たちが、何故とはなしにぼくのことをふっと思いうかべたりして、そしてなんとはなしに微笑んだりおしゃべりしたり散歩したりしたくなるような、そんな、そんな男になろう……と。

「みんなを幸福にするにはどうすればいいか」という問いを抱えた十八歳の主人公は、この「赤」のあと、「白」「黒」「青」と、つまり世界の四方に出かけて、なにかを予感してはそれを「封印」するという一種の輪廻《りんね》転生を繰返すことになる。何故ならこの世界には、大昔から「言ってはならないこのひとこと」、「それを言ってはおしまい」といった種類のものが確実にある。実はみんなが知っていて、それを言わないためには「それこそ全員が意地を張って見栄を張って無理をして」頑張ってきたものがある。それを言わないからこそ、たとえばあの、もののあはれ、というやまとことばが存在する、とでも言いたくなるような、そんな種類のものがあるのだから。

それにしても、日比谷の卒業生名簿からソ連の崩壊に至るまでさまざまな変化のあったこの四半世紀ののちにも、「言ってはならない」その事柄の核心をめぐっては何一つ変らない、すべてあの時のままであるとは、ほんとうにあらためて複雑な感慨にふけってしまう。

一九九五年十月

あわや半世紀のあとがき

庄司　薫

ぼくは時々このぼくは、この『赤頭巾ちゃん気をつけて』の作者というより読者の一人なのではないか、と思うことがある。幸運なことに、ぼくは本当に多くの読者とそのすばらしい感想に恵まれてきたが、そのたびにぼくは、この作品を繰り返し読んできたような気がするからにちがいない。

「『笑いは思考の拒絶』というけれど、涙も同じなんだ。泣かせちゃズルイ。」と言ったのは丸山眞男先生で、ぼくはそのいたずらっぽい笑顔を見ながら一瞬すごくうろたえたものだ。もしかして先生、泣いてくださった？　などと訊けるはずもないから……。

「オレタッチャヤッタ」と言ったのは安部公房さんだった。「あのオシマイのとこ、歩きながらそっと手を差し出して、指先が触れるみたいなとこ。」。安部さんはうちで一杯やりながら、文学におけるエロティシズムの表現について「絶対タタナイ」安部文学も含めて分析しているところだったが、僕はその言葉に驚嘆してしまった。何故って、その「オシマイのとこ」を書きながら、その「指先が触れるみたいな」瞬間を想いながら、ぼくはひそかに「タッチャッタ」のだから。でも、まさか気づくひとがいるとは……。その夜遅くぼくが、その「オシマイのとこ」を改めて読み返したのは言うまでもない。

と、こんな書き方をしていたら、この「あわや半世紀」はとめどがない。ぼくとしては、このたび新たに「新潮文庫」として出ることとなり、「四半世紀たってのあとがき」に続けて「あわや半世紀のあとがき」を書いているこのこと自体の、その不思議なものおもいで一杯なことを、ここに記すにとどめたい。

なおこの「新潮文庫」収録に関して、新潮社の寺島哲也、江木裕計、松倉裕子、川上祥子、田中愛子、そして中央公論新社の山本啓子の皆さんにお力添えを頂いた。心からの感謝を捧げたい。

二〇一二年一月二十日

解説

苅部直

これは戦いの小説である。あえてもっと言えば、知性のための戦いの。

そう言い切ってしまうと、ほかのさまざまな魅力をそぎ落とすことになるかもしれない。だが、「赤頭巾ちゃん気をつけて」というやわらかな表題と、一見（あくまでも「一見」）聞き手に甘えるかのような話し言葉風（ここも「風」をゴシック体にしたいところ）の語りの奥に見えるものをとりだすと、そんな具合に呼べるだろう。

もともとは、総合雑誌『中央公論』の一九六九（昭和四十四）年五月特大号に、「新鋭力作　二百五十二枚一挙掲載！」（目次より）と謳《うた》われながら載った作品である。その十年前、二十二歳のときに作品集『喪失』を刊行したのち、創作を中断していた作家、福田章二が新たな筆名を用いて書いたものであることは、まだ伏せられていた。執筆にまつわる事情は、作者による自伝風エッセイ『狼なんかこわくない』に詳しい。

このいわば再デビュー作が世に登場したさいには、雑誌の発売直後から、若い世代を中心に感激の手紙と電話が続々と寄せられたという。翌年に東宝での映画化が決まったときも、「小説のイメージ」が壊されてしまうと反対する読者の声が、映画会社と作者のもとに殺到している。それだけ熱狂的な人気を得たのであり、単行本、文庫本がロングセラーとして版を重ねてきた。手元にある単行本は、文庫化のあとも八一年四月に増刷された第六十五版。一九六〇年代の純文学作品としては、とぎれることなく読み継がれている、数少ない小説の一つであろう。だいたい八〇年代前半までは、小説を読む大学生なら一度は手にとっている定番のうちに入っていたと思う。

しかし、発表当時の「文壇」とそれをとりまくジャーナリズムからの反応はどうだったか。第六十一回芥川賞が与えられたときの銓衡《せんこう》委員による選評は、当時の大家たちの当惑を伝えていて興味ぶかい。ある委員は「現代の典型の一つを、『猛烈』『最高』など流行語で書き表しているのに興味を惹《ひ》かれました」とほめている。反対に「むだな、つまらぬおしゃべりがくどくどと書いてあって、私は読みあぐねた」と匙《さじ》を投げる重鎮もいた。賛否いずれにせよ、若者の話し言葉を借りた「饒舌的《じょうぜつてき》」な文体に評価が集中している。「筋のない小説らしい」という評言があるのは、いったい何を読んでいたのだろう。「返り咲きの〝新人〟」と題した、朝日新聞東京版文化面のコラム（六九年七月二十六日夕刊、署名は偶然にも「赤」）などは、はっきり敵意を示している。

三島由紀夫や林達夫など、好意的な評を寄せた作家・評論家もいるのだが、「文壇」の冷ややかな反応と、一般読者のあいだでの人気の爆発との差異がすさまじい。しかし約十年後には、たとえば村上春樹のエッセイに見られるように、この文体に影響されたやわらかい文章が、あとの世代の男性文筆家に引き継がれ、ごく当たり前のものになっていった。その意味で戦後文学の一つの転機を画する作品だったのだが、その衝撃力が、いまではかえって想像しにくい。もしこの小説が登場しなければ、文学の世界は（いま以上に？）窮屈で地味な言葉で塗りこめられていたのではないか。

だが人気のもりあがりが、この小説の一面のみを切りとり、それをふくらませた「イメージ」の蔓延《まんえん》を招いてしまったのもたしかである。ある文学事典の庄司薫の項目にはこうある。「やわらかな青春の心情を饒舌調の文体に定着させたその新鮮な感覚」。やわらかさ、みずみずしさ、純粋さ、童貞さ（？）……もちろん、たとえば小説の冒頭近くにある、主人公「薫」と由美とのテニスコートでのぎこちない態度や、年上の女医との挿話は、甘ずっぱい郷愁のようなものを感じさせる。「ゲバ棒」をふるう全共闘の学生たちに違和感を抱く、傷つきやすい「やさしさ」の世代のバイブルのように読まれたのも、まるでまちがいというわけではない。

都立日比谷高校の生徒たちの、知識の披露の「いやったらしい」やりとりに憧《あこが》れを抱き、自分も「薫」と「小林」のおしゃべりに加わり、トム・ストッパードの戯曲の上演について蘊蓄《うんちく》を傾けたいと真剣に願った読者だって、きっといたはずである。そうして自分も『ローゼンクランツとギルデンスターンは死んだ!』に手をのばしたり、第九章にちらりと出てくるポール・ヴァレリーの散文に挑戦するといった読み方をするのも、豊かな読書経験だろうと思う。

しかし、「薫」がうぶで純粋で、人生の行き先を考えあぐねるモラトリアム状態にさまよっているだけの若者でないことは、すでに冒頭でも示されている。「それに言い遅れたけれど、ぼくの学校が例の悪名高い日比谷高校だということは、同情するにしろからかうにしろ、すごく手頃な感じがするのではないかと思う」。この箇所で「薫」は、当時は東大への進学者をもっとも多く出していた日比谷高校に対する、大人たちの憐《あわ》れみや揶揄《やゆ》、さらにはコンプレックスのまじった気持ちを、一方ですでに自分のものにしているのである。「あーあ」というため息は、世間の大人と若者との両方の視線が、自分のなかでせめぎあう状況を、もてあましているのであろう。

第八章、同級生「小林」が「薫」の部屋を訪れ、長々と話をするあたりから、小説の前半にあったほのぼのとした空気は、俄然《がぜん》として怒りの様相へと転化する。「小林」が語る、ひたすら「感性」の解放のみを賞揚して「知性」を嘲笑《ちょうしょう》するような「狂気の時代」。そうした、暴力と性欲の解放が幅をきかせ、人々が競うようにそれを追い求める現代の姿に、第九章で「薫」が見せる怒りはすさまじい。

そしてぼくは、いったんそうなったら、自分が恐らくは誰よりも激しく不気味な狂気を抱いているということを、実はずっと前からよく知っていた。ぼくはほんとうによく知っていたのだ。ぼくは誰よりも激しい痴漢であり色情狂で強姦魔でけんか好きで暴行犯で、いやぼくは殺人だって平気でやる殺人狂なのだ。ぼくはこれまでのごく平静な時でも、実はこのことを考えてはひそかに言い知れぬ恐怖を自分自身に対して抱いてきた。

同じ「薫」を主人公とする四部作でも、ここまで激しい怒りが描かれる箇所は、ほかにない。この十八歳の青年は、狂気と暴力に向かう性向が自分の奥底にもあることに、ふだんから気づいているのである。だからこそ、そうした「狂気」が、刺戟《しげき》の強さを競いあう「絶対値競争」を引き起こし、その競争に乗らない他者を「非難し虫ケラのように侮辱する」破壊行為へと向かってしまうことを、何とかして防ごうとする。

かれこれと逡巡《しゆんじゆん》して見せる独白の奥には、恐ろしい葛藤《かっとう》が渦まいていた。

ここで「薫」がひたすら守ろうとしているのは、「ぼくの知性を、どこまでも自分だけで自由にしなやかに素直に育てていきたい」（第七章）と語る、知性にむけた願いである。そうした知性を守り育てることによってこそ、人は本当の意味で「自由」になり、作者がエッセイで述べた言葉で言えば「他者を肯定し他者を愛するということの恐るべきむずかしさ」（「'70年代に何が起こるか」、『バクの飼主めざして』所収）をひきうけることができる。自由と他者への愛とを両立させるための最小限の倫理を、しなやかな知性によって確保すること。第三章に登場する「すごい思想史の講義をしている教授」のモデルになった、政治学者、丸山眞男の姿を想起してもいいだろう。

学生が反乱を起こして大学を封鎖し、フリーセックスの風潮が革命的なものとしてもてはやされた一九六九年と、二十一世紀のいまとでは、世の中は大きく変わっている。しかし流行する小説や映画やアニメを見れば、幼少期に受けた傷だの「心の闇」だの貧困生活の恨みだの、人間性のネガティヴな部分を売りにして人目を惹き、そのうわべだけの深刻さで勝負するようなものが、多くはないだろうか。一面では、社会の変革への志向を欠いてひたすら心の内へと向かうだけ、たちが悪いとも言える。知性をめぐる戦いは、いまだ継続中なのである。

もちろん、このほかにもさまざまなモティーフが、小説のいたるところで見え隠れしている。他者への愛に向かう心情は、これから先の人生の戦場で、傷つき疲れはてることはないのか。「PTA的大人たちのおしゃべり」が、やがてメディアの力を通じて若者をとりこみ、支配する危険性。そして、愛犬ドンが前の日に死んだことを、「薫」が時折気にしているのは何を意味するのか。――こういった疑問のいくつかは、続く三つの長篇で、もっと生々しい形をとって立ち現われることだろう。

そして最後に。「サンパ」「マオジューシ」「学校群制度」といった、六九年当時の風俗を示す言葉については、調べれば簡単にわかるだろうし、意味をとれなくても物語の理解に大きな支障はない。ただ一つだけ、第六章に出てくる「奥さん」が息子を通わせている「付属」は、文京区にある特定の学校を指す固有名詞なのである、たぶん。

（二〇一二年一月、政治学者・日本政治思想史）

この作品は一九六九年八月中央公論社より刊行され、一九七三年六月中公文庫に収録された。

安部公房著　他人の顔

ケロイド瘢痕を隠し、妻の愛を取り戻すために他人の顔をプラスチックの仮面に仕立てた男。――人間存在の不安を追究した異色長編。

安部公房著　壁

戦後文学賞・芥川賞受賞

突然、自分の名前を紛失した男。以来彼は他人との接触に支障を来し、人形やラクダに奇妙な友情を抱く。独特の寓意にみちた野心作。

安部公房著　箱男

ダンボール箱を頭からかぶり都市をさ迷うことで、自ら存在証明を放棄する箱男は、何を夢見るのか。謎とスリルにみちた長編。

安部公房著　密会

夏の朝、突然救急車が妻を連れ去った。妻を求めて辿り着いた病院の盗聴マイクが明かす絶望的な愛と快楽。現代の地獄を描く長編。

安部公房著　笑う月

思考の飛躍は、夢の周辺で行われる。快くも恐怖に満ちた夢を生け捕りにし、安部文学成立の秘密を垣間見せる夢のスナップ17編。

安部公房著　カンガルー・ノート

突然〈かいわれ大根〉が脛に生えてきた男を載せて、自走ベッドが辿り着く先はいかなる場所か――。現代文学の巨星、最後の長編。

三島由紀夫著

仮面の告白

女を愛することのできない青年が、幼年時代からの自己の宿命を凝視しつつ述べる告白体小説。三島文学の出発点をなす代表的名作。

三島由紀夫著

花ざかりの森・憂国

十六歳の時の処女作「花ざかりの森」以来、巧みな手法と完成されたスタイルを駆使して、確固たる世界を築いてきた著者の自選短編集。

三島由紀夫著

金閣寺

読売文学賞受賞

どもりの悩み、身も心も奪われた金閣の美しさ——昭和25年の金閣寺焼失に材をとり、放火犯である若い学僧の破滅に至る過程を抉る。

三島由紀夫著

午後の曳《えい》航《こう》

船乗り竜二の逞しい肉体と精神は登の憧れだった。だが母との愛が竜二を平凡な男に変えた。早熟な少年の眼で日常生活の醜悪を描く。

三島由紀夫著

春の雪

（豊饒の海・第一巻）

大正の貴族社会を舞台に、侯爵家の若き嫡子と美貌の伯爵家令嬢のついに結ばれることのない悲劇的な恋を、優雅絢爛たる筆に描く。

三島由紀夫著

サド侯爵夫人・わが友ヒットラー

獄に繋がれたサド侯爵をかばい続けた妻を突如離婚に駆りたてたものは？　人間の謎を描く「サド侯爵夫人」。三島戯曲の代表作2編。

川端康成著
雪国
ノーベル文学賞受賞

雪に埋もれた温泉町で、芸者駒子と出会った島村——ひとりの男の透徹した意識に映し出される女の美しさを、抒情豊かに描く名作。

川端康成著
伊豆の踊子

伊豆の旅に出た旧制高校生の私は、途中で会った旅芸人一座の清純な踊子に孤独な心を温かく解きほぐされる——表題作等4編。

川端康成著
舞姫

敗戦後、経済状態の逼迫に従って、徐々に崩壊していく〝家〟を背景に、愛情ではなく嫌悪で結ばれている舞踊家一家の悲劇をえぐる。

川端康成著
みずうみ

教え子と恋愛事件を引き起こして学校を追われた元教師の、女性に対する暗い情念を描き出し、幽艶な非現実の世界を展開する異色作。

川端康成著
眠れる美女
毎日出版文化賞受賞

前後不覚に眠る裸形の美女を横たえ、周囲に真紅のビロードをめぐらす一室は、老人たちの秘密の逸楽の館であった——表題作等3編。

川端康成著
古都

捨子という出生の秘密に悩む京の商家の一人娘千重子は、北山杉の村で瓜二つの苗子を知る。ふたご姉妹のゆらめく愛のさざ波を描く。

谷崎潤一郎著

痴人の愛

主人公が見出し育てた美少女ナオミは、成熟するにつれて妖艶さを増し、ついに彼はその愛欲の虜となって、生活も荒廃していく……。

谷崎潤一郎著

刺《し》青《せい》・秘密

肌を刺されてもだえる人の姿に、いいしれぬ愉悦を感じる刺青師清吉が、宿願であった光輝く美女の背に蜘蛛を彫りおえたとき……。

谷崎潤一郎著

春琴抄

盲目の三味線師匠春琴に仕える佐助は、春琴と同じ暗闇の世界に入り同じ芸の道にいそしむことを願って、針で自分の両眼を突く……。

谷崎潤一郎著

細雪（ささめゆき）

毎日出版文化賞受賞（上・中・下）

大阪・船場の旧家を舞台に、四人姉妹がそれぞれに織りなすドラマと、さまざまな人間模様を関西独特の風俗の中に香り高く描く名作。

谷崎潤一郎著

卍（まんじ）

関西の良家の夫人が告白する、異常な同性愛体験――関西の女性の艶やかな声音に魅かれて、著者が新境地をひらいた記念碑的作品。

谷崎潤一郎著

猫と庄造と二人のおんな

一匹の猫を溺愛する一人の男と、二人の若い女がくりひろげる痴態を通して、猫のために破滅していく人間の姿を諷刺をこめて描く。